Ma vie toute pourrie

À Susan
Bisous

L'édition originale de ce livre a été publiée pour la première fois au Royaume-Uni
aux éditions Scholastic Children's Books, une marque de Scholastic Ltd,
sous le titre *My Big Fat Teen Crisis*.

Loi n° 46-956 du 16 juillet sur les publications destinées à la jeunesse
ISBN : 978-2-09-254754-0

Jenny Smith

Ma vie toute pourrie

Traduit de l'anglais par Anne Delcourt

Nathan

1

Je m'appelle Sam Wallis, j'ai treize ans, et ma vie est officiellement fichue. Sérieux.

Le problème, c'est que ma BFF (*Best Friend Forever*, ma meilleure amie pour la vie), Gemma, vient de déménager à des milliards de kilomètres et que je ne sais pas du tout ce que je vais devenir sans elle.

On faisait tout ensemble, avec Gem. Une de nos activités préférées, c'était de rédiger des listes de Plus et de Moins. Je ne me rappelle pas comment ça a commencé, mais tout y passait, des voyages scolaires aux paninis. Et en général, on finissait pliées de rire.

D'ailleurs, j'en ai fait une sur le départ de Gem.

Plus

– Aucun.

Moins

– Ma vie ne sera plus jamais comme avant.
– Je ne connais personne d'autre au monde que les chèvres font rire.

Gem et moi, on est inséparables depuis l'école primaire. Enfin, on était. On allait au collège ensemble. On allait nettoyer les écuries du haras ensemble. On faisait des tas de trucs débiles ensemble. Quand on n'était pas toutes les deux, on se parlait sur Facebook ou on s'envoyait des textos. Bref, on vivait sur notre planète à nous.

Et puis ses parents ont tout flanqué par terre juste avant les vacances de Pâques en partant vivre aux îles Hébrides (qui, pour les nuls en géo dans mon genre, sont des îles tellement perdues au nord-ouest de l'Écosse que ça ou le pôle Nord, c'est pareil). À part la découper en morceaux, ils ne pouvaient pas faire pire.

Je n'arrive toujours pas à croire qu'ils aient emmené Gem en exil comme ça, et en plein milieu de l'année, en plus !

Je pensais que je m'en remettrais, mais là, dès le premier jour de la rentrée des vacances de Pâques, je me rends compte que je suis totalement perdue sans elle. Je ne suis même pas certaine de savoir encore comment je m'appelle.

Du coup, ce matin, en histoire, j'ai fait une liste de Plus et de Moins sur moi :

Plus

– *Longues jambes.*
– *Cheveux blonds ; c'est joli en été quand je suis un peu bronzée.*
– *Yeux noisette, d'une couleur que les gens trouvent intéressante.*
– *Belles dents... (peut-être ce que j'ai de mieux ?).*
– *Caractère facile.*
– *Rit pour tout et n'importe quoi.*

Moins

– *Immature (à ce que dit Tania Hamilton, qui est super populaire et qui sait de quoi elle parle).*
– *Mains de géante.*
– *Zéro poitrine.*
– *Cheveux super électriques cauchemardesques à coiffer.*
– *Nez couvert d'horribles taches de rousseur en été.*
– *Rougit sans arrêt.*
– *Rit pour tout et n'importe quoi.*
– *Léger problème de pets de temps en temps.*

Tania Hamilton dit que je suis immature parce que je n'ai jamais eu de copain et que, quand je commence à rire, je ne sais plus m'arrêter. En même temps, elle n'a pas tort. Quand je me mets à rigoler, on dirait que j'ai une quinte de toux, sauf que, chez moi, c'est une quinte de rire. Une fois, j'ai passé l'heure de maths à rigoler parce que Mr Porter avait mis son pull à l'envers.

Une autre fois, j'ai pleuré de rire pendant presque tout le cours de sciences. Mrs Nicholson nous a montré une photo de deux grenouilles en train de s'accoupler, et Gemma m'a chuchoté qu'une des deux ressemblait au prof d'EPS, Mr McAllister. J'étais tellement hystérique que la prof m'a demandé d'aller me calmer dans le couloir.

Pendant plusieurs semaines, on n'a pas pu regarder Mr McAllister sans penser à la photo des grenouilles.

Donc, c'est vrai que je ne suis peut-être pas très mature. Ça expliquerait pourquoi je n'ai jamais embrassé un garçon alors que j'avais déjà des amoureux l'an dernier. Pareil pour Gemma. On a été tellement occupées à faire les débiles et à rigoler que, côté garçons, on se retrouve complètement à la traîne. Ça devient même un peu gênant.

Alors à partir d'aujourd'hui, j'ai décidé de faire un effort. Et maintenant que je n'ai plus Gem avec qui discuter de ces trucs-là, je suis bien obligée de me débrouiller toute seule.

Comme si la journée de rentrée n'était pas déjà assez nulle sans Gem, le prof d'histoire, Mr Donovan (alias « le Psychopathe » parce qu'il a un regard hyper terrifiant) nous a décrit dans le détail les tortures répugnantes qui existaient au Moyen Âge. Heureusement, je n'avais presque rien mangé au petit déjeuner.

Aujourd'hui, c'était la première fois qu'il n'y avait pas de Gem à côté de moi sur la chaise de Gem. À sa place, il y avait un nouveau. Je n'ai pas fait trop attention à lui parce que je rédigeais ma liste de Plus et de Moins sur une feuille arrachée dans mon cahier d'exercices.

– Samantha Wallis ! a rugi Mr Donovan, sur un ton à moitié fâché, à moitié ironique, en me transperçant de son regard-qui-tue. J'espère que vous êtes en train de prendre des notes et PAS en train de gribouiller je ne sais quelle bêtise comme il y a quinze jours. C'était quoi, déjà ? Ah oui, une liste intitulée « Mes vingt activités préférées du week-end » qui, cela dit, a beaucoup diverti la classe. Je crois me souvenir que « Déguiser mon chat en gangster » a eu un franc succès.

Ben oui, ça m'arrive d'habiller Craspouille, mon chat, et la tenue d'Al Capone qu'il a reçue à Noël lui va particulièrement bien. Et oui, peut-être bien qu'il en a une pour chaque occasion, et alors ? Ce n'est pas de la cruauté envers les animaux, c'est juste super drôle.

J'ai menti :

– Je prends des notes sur les tortures au Moyen Âge, Mr Donovan.

– Je l'espère pour vous, a conclu Mr Donovan d'un air menaçant.

Avoir l'air menaçant, c'est super facile pour lui, avec ses yeux de dingue. Il aurait été parfait en bourreau au Moyen Âge. Je parie qu'il aurait adoré son boulot et qu'en plus il l'aurait fait gratuitement. Et même qu'il se serait porté volontaire pour des heures supplémentaires. Mais comme les postes de bourreau médiéval en chef, c'est devenu plutôt difficile à trouver, il a été obligé de faire prof.

Par mesure de précaution, j'ai plié ma liste en quinze et je l'ai glissée dans ma manche.

À ce moment, j'ai senti que le nouveau assis à la place de Gemma m'observait. Et pour la première fois, je l'ai vraiment regardé. Ce qui m'a tout de suite frappée, c'était ses yeux très bleus qui pétillaient, comme s'il trouvait ça hilarant, que je déguise Craspouille en gangster.

Il avait les cheveux plutôt courts, châtain clair, l'air sympa. Et il souriait… Il *me* souriait ! À ma grande honte, j'ai senti que je rougissais. J'ai baissé la tête autant que j'ai pu en priant pour qu'il ne remarque pas que j'étais écarlate.

J'avais déjà flashé sur des garçons, mais là, c'était vraiment… violent. J'ai eu l'impression que tout le monde voyait que je ressemblais à une tomate. Du coup, j'ai rougi encore plus. Et plus je rougissais, plus je me sentais mal. Je n'en revenais pas de réagir comme ça. Ça m'a totalement prise de court.

De : Sam Wallis

À : Gemma Smith

Tu me manques toujours, énormément, atrocement, etc. Ce n'est que le premier jour de la rentrée, mais sans toi, c'est plus pareil. Les couloirs sont trop calmes, sans ton rire de crécelle... qui, j'espère, va faire fuir tous les phoques des Hébrides. Ça saboterait le travail totalement zarbi et inutile de ton père sur la faune sauvage, et tu pourrais revenir ! Ce serait top ! À propos, comment vont les moutons ? Ils broutent toujours de l'herbe ? Tu t'es acheté un kilt pour avoir le look écossais ?

Je t'écris en douce en cours de techno, pendant la dernière heure avant la cantine. Comme j'ai fini mes exercices en avance, je me suis donné dix minutes pour faire ce que je voulais. Et j'ai décidé de t'écrire.

Écoute, il s'est passé un truc GÉANT. Il y a un nouveau dans la classe. Il a débarqué ce matin en histoire. Il s'appelle David Matthieson.
Il m'a souri, figure-toi, et il a un sourire génial !
À la fin du cours, il est venu me voir et il m'a dit : « Alors, c'est toi, Sam ? » comme s'il savait qui j'étais ! Tout à coup, j'ai eu l'impression d'être la personne la plus importante de la terre. Je ne savais pas du tout quoi répondre. J'ai juste bafouillé « oui » et je suis partie en courant !
Je me dis que ça y est, que je suis peut-être prête à sortir avec un garçon !! L'ennui, c'est que je ne vois vraiment pas pourquoi David Matthieson s'intéresserait à moi. Tania trouve que j'ai l'air d'une gamine de dix ans, et, franchement, elle n'a pas tout à fait tort. N'empêche que vu comment il m'a souri, je crois que j'ai quand même une chance. Grouille-toi de me répondre, c'est une urgence !

Ensuite, je suis allée manger toute seule au self. Gem me manquait. J'avais super besoin de discuter avec elle, et elle n'était pas là. J'ai réfléchi aux Plus et aux Moins de flasher à mort sur un garçon que je venais à peine de rencontrer, et à qui je n'avais même pas parlé.

Plus

- *Plus sympa de penser à ça que d'écouter les profs.*
- *Un garçon réel à imaginer dans mes fantasmes de mariage.*
- *Une motivation pour essayer de me débarrasser de mon léger problème de pets.*

Moins

– *Il ne s'intéressera jamais à moi si j'ai l'air d'une gamine de dix ans.*

– *Il va trouver que je m'habille comme une fille qui passe ses week-ends à nettoyer des écuries ; logique, vu que c'est ce que je fais.*

– *Quel garçon voudrait sortir avec une fille qui est incapable de se concentrer, de lui parler et même de penser normalement parce qu'il a des yeux bleus sublimes qui la fascinent trop ?*

– Salut, la sans-amis !

J'ai levé les yeux. C'était Tania Hamilton, la dernière personne que j'ai envie de voir quand je n'ai pas le moral. Tania a l'art de toujours mettre le doigt pile sur le truc que vous avez peur qu'on dise de vous, et de vous le balancer à la figure.

J'ai l'impression qu'elle prend plaisir à enfoncer les autres.

Tania a super confiance en elle, elle est championne au badminton et elle a des formes partout où il faut (pas comme moi). En plus, elle est super jolie, même si sa figure ressemble au rayon maquillage d'un grand magasin. Elle arrive même à avoir l'air stylée dans l'uniforme du collège ; ce qui est un exploit, je vous assure[1].

1. Tous les élèves britanniques portent l'uniforme. Dans certains collèges, ils sont tenus de porter celui qui est vendu par l'établissement. Dans d'autres, on leur demande simplement de porter des vêtements d'une certaine couleur (pantalon ou jupe plissée de couleur noire pour les filles, chemise blanche pour les garçons, par exemple…).

Pas question que je réplique; elle serait capable de me mettre la honte devant tout le monde au self. La plupart des garçons craquent pour elle, et certaines filles rêvent de lui ressembler – mais personne n'ose lui tenir tête. Ils ont tous bien trop peur d'elle.

Du coup, Tania continue à s'en prendre à tout le monde et à trouver ça marrant. Ça lui arrive d'être drôle, en plus, dans le genre désagréable. L'année dernière, pour la journée sans uniforme[1], elle est venue déguisée en Miss Barry la Barjo, la prof d'anglais, et j'avoue que c'était génial. Je crois bien que ça m'a fait rigoler toute la journée.

– Salut, ai-je dit, pour ne pas prendre de risque.

Pendant une minute horrible, j'ai cru qu'elle allait s'asseoir à côté de moi; mais à mon grand soulagement, elle a continué son chemin pour aller retrouver ses deux copines, Angela Murray et Becky Robinson.

Angela est l'esclave de Tania et rit à toutes ses vacheries. Je la déteste encore plus que Tania qui, elle au moins, a sa propre personnalité. Angela n'est qu'une suiveuse, un mouton. D'ailleurs, elle a une tête de mouton.

J'ai l'impression que Becky se passerait bien de faire partie du gang, mais elle a trop la trouille que Tania la tue si elle s'en va, ou pire, qu'elle se mette à raconter des horreurs sur elle. Alors, Becky suit le mouvement. Elles sont

1. Le jour sans uniforme est un jour de l'année où les élèves sont autorisés à venir sans leur uniforme. En contrepartie, il leur est souvent demandé de verser une petite somme destinée à un organisme caritatif. Les élèves en profitent souvent pour venir en cours déguisés.

toutes les trois dans l'équipe de badminton; c'est comme ça qu'elles sont devenues copines.

Ça ne serait pas venu à l'idée de Tania de me proposer de déjeuner avec elles. (Cela dit, j'aurais été bien embêtée.) Elle s'est assise en me jetant un regard narquois et elle a dit un truc à l'oreille d'Angela, qui a ri bien fort en me regardant.

J'ai appliqué ma technique habituelle quand Tania fait sa garce: je l'ai visualisée en train de se faire poursuivre par une chèvre. C'est une de nos inventions, à Gem et moi. Les chèvres, ça nous a toujours fait rigoler. Bref, j'ai imaginé qu'une chèvre enragée chargeait Tania hurlant de terreur à travers tout le self. Je vous recommande le truc de la chèvre dans ce genre de situation; ça marche très très bien.

Darcie Clelland, mon binôme en chimie, était en train de manger à l'autre bout du self avec sa meilleure amie, Hannah Kermack. Darcie est quelqu'un de direct qui a les pieds sur terre, ce qui ne l'empêche pas d'avoir de l'humour. Hannah, elle, était en primaire avec Gem et moi; elle est vraiment gentille et on peut toujours compter sur elle. Gem et moi, on déjeunait souvent avec elles.

Elles m'ont fait signe de les rejoindre. J'allais me lever, quand est apparue la dernière personne au monde que je m'attendais à voir, debout au milieu du self, l'air égaré, un plateau dans les mains.

Catrina Malloy. Ou Cat, comme tout le monde l'appelait.

Je n'en revenais pas.

Je ne l'avais pas vue depuis six ans, mais c'était bien elle. Elle balayait la salle du regard comme si elle espérait y découvrir une tête connue. J'ai levé le bras, elle m'a repérée, et son visage s'est éclairé.

Cat a été ma meilleure amie pratiquement de notre naissance jusqu'à nos sept ans. Nos mères s'étaient rencontrées à la garderie et, comme elles étaient devenues amies, on l'était devenues aussi. Quand on est à l'âge de ramper en couche-culotte, on ne choisit pas vraiment ses copines soi-même. C'est les mères qui décident pour nous.

Dans mon tout premier souvenir, je suis dans un bac à sable avec Cat et on se bagarre pour un petit arrosoir en plastique rouge. C'est elle qui a gagné, mais je ne me rappelle pas en avoir été particulièrement traumatisée. J'ai d'autres souvenirs, de jardins au soleil, de cornets de glace, de poursuites en robe de Cendrillon, de séances télé calées sur le même coussin devant les Télétubbies. Ma préférée, c'était Laa-Laa. Cat préférait Dipsy.

Je me souviens que nos parents s'invitaient à dîner. Ces soirs-là, pendant que les adultes riaient en buvant du vin, Cat et moi on inventait des scénarios super compliqués avec des poupées et des peluches, et l'une de nous deux rentrait chez elle à moitié endormie dans les bras de ses parents.

Un autre souvenir : la crèche de Noël. Cat chantait « *Mon beau sapin* » tellement bien que toutes les mères en avaient les larmes aux yeux.

Quand j'avais sept ans, Cat a disparu de ma vie. Je me rappelle vaguement que nos mères ne se voyaient plus beaucoup. Et après les grandes vacances, elle n'est pas revenue à l'école.

Puis trois ans plus tard, comme ça, elle m'a envoyé une carte postale de Cornouailles. Elle ne précisait pas si elle habitait là-bas ou si elle y était juste pour les vacances. Elle me disait que je lui manquais, dans sa belle écriture ronde et soignée, mais elle ne me donnait pas son adresse, et je n'ai pas pu lui répondre. Elle ne m'a plus jamais écrit.

En tout cas, la fille qui était en train de traverser le réfectoire dans ma direction avait le genre de physique qui ne passe pas inaperçu.

Elle avait gardé la même peau mate et les mêmes cheveux longs, bruns et soyeux que dans mon souvenir. Cat ne ressemble pas à sa mère, qui est blonde et menue. C'est tout le portrait de son père.

Quelqu'un a émis un sifflement d'admiration strident. Cat a fait comme si de rien n'était, mais elle était clairement visée. Pas étonnant. Je ne pouvais pas la quitter des yeux ; on aurait dit un mannequin. Ses yeux marron en amande étaient accentués par de l'eye-liner noir et elle avait une queue de cheval un peu négligée. On ne voyait que ses jambes, interminables sous sa minijupe. Elle portait du vernis à ongles violet absolument pas réglementaire. Tous les regards étaient braqués sur elle.

Tania Hamilton ne souriait plus. Elle ne semblait franchement pas apprécier l'attention accordée à Cat.

– Salut, m'a dit Cat avec un grand sourire.

Elle a posé son plateau sur la table et s'est assise en face de moi, sans paraître se rendre compte du remous qu'elle provoquait. Je continuais à la fixer, ahurie. Je n'aurais jamais cru que je la reverrais un jour.

– Qu'est-ce que tu fais là ? ai-je enfin réussi à dire.

– Je te remercie pour cet accueil enthousiaste, m'a-t-elle répondu, toujours en souriant.

J'ai souri à mon tour.

– Je suis super contente de te voir, ai-je déclaré.

Et j'étais sincère.

– Moi aussi, ça me fait plaisir. Et tu n'as pas du tout changé ! Je n'arrive pas à croire que je suis là. C'est trop bizarre !

– Mais tu habitais où pendant tout ce temps ?

Je m'attendais à une réponse du style les Cornouailles ou l'Espagne, vu la façon dont elle s'était volatilisée.

– À Bredborough.

Bredborough est la ville la plus proche de Greenfields, au point que plein de gens d'ici vont y travailler tous les jours. Ça n'est pas vraiment à des milliers de kilomètres.

C'était dingue. Pendant toutes ces années, elle habitait dans la ville d'à côté. Du coup, j'ai trouvé ça encore plus étrange que nos mères n'aient jamais repris contact.

– Bredborough ?

Je n'ai pas pu cacher ma surprise.

Cat a baissé les yeux pour éviter mon regard.

– Il s'est passé des tas de trucs. C'est pour ça que ma mère n'a pas donné de nouvelles. Elle… elle n'allait pas très bien. Ensuite, mon père est parti.

– Ta mère n'allait pas bien ? ai-je répété, étonnée.

Je ne me rappelais pas qu'elle avait des problèmes de santé.

Cat a relevé la tête et m'a regardée en face. Je voyais qu'elle hésitait. Enfin, elle s'est penchée en avant pour m'expliquer à voix basse :

– Ça ne tournait pas rond dans sa tête. Mais maintenant, ça va.

– Et tu es revenue à Greenfields… ai-je ajouté au bout d'une longue pause.

Il n'y a rien de mieux qu'une évidence pour meubler un silence.

– Oui. Ma grand-mère est morte juste avant Noël. On est revenues parce que maman a hérité de la maison.

– Oh, je suis désolée.

En bref, sa grand-mère était morte et ses parents avaient divorcé. Je me suis dit que j'avais une vie hyper facile, comparée à la sienne. Je n'avais pas trop à me plaindre, finalement.

On n'a rien dit pendant un moment. Puis Cat a repris :

– Franchement, les choses se sont bien arrangées. Mes parents se reparlent, et ma mère va beaucoup mieux. Elle s'est même remise à peindre.

Je me souvenais que sa mère était peintre. Je n'arrivais toujours pas à croire que Cat était assise en face de moi, après toutes ces années.

– Et sinon qu'est-ce que tu deviens ? ai-je demandé.

– Pas grand-chose. À part que je chante dans un groupe.

Ça te dit peut-être quelque chose, il s'appelle Mister Bleaney.

– *Mister Bleaney!* me suis-je exclamée, scotchée.

C'était un groupe de rock composé de lycéens qui avaient entre dix-sept et dix-huit ans, et qui commençait à être un peu connu. Je les avais vus en concert l'été précédent au Festival de Greenfields.

– J'ai appris par quelqu'un de mon collège que le chanteur était parti, a continué Cat. Du coup, j'ai posé ma candidature, et j'ai été prise. Je n'en reviens toujours pas.

J'ai regardé Cat : elle n'avait que six mois de plus que moi, mais elle faisait bien plus que ses treize ans. On lui en aurait facilement donné seize. Avec son physique et ses talents de chanteuse, ça ne m'étonnait pas qu'elle ait été choisie.

– C'est génial ! me suis-je exclamée, ravie.

Ça, au moins, c'était une bonne nouvelle !

Elle m'a souri, contente que je me réjouisse pour elle.

Des garçons faisaient les crétins à la table d'à côté. Je savais qu'ils cherchaient à attirer son attention, parce qu'ils n'arrêtaient pas de lui jeter des coups d'œil pour voir si elle les regardait. Mais non.

J'ai noté que, comme Tania, elle avait le truc pour transformer l'uniforme du collège en tenue stylée. Moi, je n'y arrive jamais. Je dois être trop débraillée. Ma chemise finit toujours par sortir de ma jupe et il y a plein de fils tirés sur mon pull à cause des griffes de Craspouille. Enfin, j'essaie de me rattraper en faisant des efforts côté coiffure.

– C'est super cool de te retrouver, m'a dit Cat, les yeux brillants.

Elle a eu exactement le même sourire que quand on était petites, un sourire qui a l'air de l'illuminer de l'intérieur. C'était la même Cat que dans mon souvenir. Tout à coup, j'ai eu l'impression que les six années pendant lesquelles on ne s'était pas vues n'avaient jamais existé, et qu'on reprenait là où on en était restées.

Tania Hamilton nous surveillait du coin de l'œil, verte de jalousie. Elle prenait très mal que les garçons s'agitent dans tous les sens.

– Pourquoi tu déjeunais toute seule ? m'a demandé Cat, visiblement étonnée.

– Ma meilleure amie – Gemma – est partie, ai-je expliqué. Elle a déménagé aux îles Hébrides. En plus, elle déteste sa vie là-bas.

– On n'a pas toujours le choix, a dit Cat d'un air compatissant.

Je n'ai pas su quoi répondre. Je ne suis pas très douée pour les sujets tristes. Il y a eu un nouveau silence.

Je venais de décider de lui remonter le moral en lui racontant des trucs drôles qui étaient arrivés à Gemma quand on a été grossièrement interrompues.

– Gentes damoiselles… accorderez-vous à votre humble serviteur l'honneur de festoyer en votre compagnie ?

C'était Taylor Griffen. Il ne manquait plus que lui. Il venait clairement à la pêche aux informations sur la nouvelle. Depuis qu'on étudiait *Roméo et Juliette*, il ne s'exprimait plus que dans un stupide charabia médiéval.

Taylor fait partie de ces personnes qu'il est impossible

d'ignorer. Il est tout petit, mais ça ne l'empêche pas de prendre beaucoup de place. Il a une tête toute ronde, des yeux bleus tout ronds et des cheveux blonds bouclés qui lui donnent un air d'ange alors qu'il est le champion des embrouilles toutes catégories. C'est une vraie boule de nerf, qui cherche en permanence à attirer l'attention. Il sème l'hilarité et la pagaille partout où il passe, et il drague toutes les filles sans aucun scrupule.

Tout le monde adore Taylor – même Tania ne peut pas s'empêcher de rire de ses pitreries. Mais à la longue, son cinéma peut devenir vraiment lassant.

– Sam, je t'en conjure, présente-moi donc à ta noble compagne ! a-t-il ajouté d'une voix tonitruante.

Il parle super fort pour quelqu'un de sa taille. Autour de nous, ça ricanait dans tous les sens, mais il s'en fichait complètement. À croire que rien ne peut l'atteindre.

Je n'en revenais pas qu'il s'imagine épater Cat en se ridiculisant encore plus que d'habitude.

– Je te présente Cat, ai-je dit. Cat, je te présente Taylor.

Taylor a soudain écarquillé les yeux en la reconnaissant.

– Catrina *Malloy* ? C'est toi ? On était ensemble en primaire ! Tu te souviens de moi ?

– Taylor, on était en train de discuter, ce n'est pas vraiment le moment... l'ai-je interrompu en espérant qu'il comprendrait le message.

– Bien sûr que je me souviens de toi, a répondu Cat. Tu n'es pas facile à oublier !

Elle lui a souri, dévoilant des dents parfaites.

Elle avait raison. Même en primaire, on ne pouvait pas ne pas remarquer Taylor. Il essayait déjà d'embrasser toutes les filles. Et à y repenser, il avait poursuivi Cat pendant un bon moment en CE2.

C'était bien le genre de Cat d'être gentille même avec les plus pénibles. Elle n'avait jamais supporté que quelqu'un soit laissé à l'écart. Même à la maternelle, elle pouvait se donner un mal fou pour qu'aucun enfant ne reste sur la touche.

Elle ne devait pas se rendre compte du danger qu'elle courait en se montrant sympa avec Taylor Griffen.

J'ai bien vu qu'il était sous le charme. Il est tombé à genoux et lui a fait un baisemain à la messire Lancelot. Il avait suffi d'un sourire de Cat pour qu'il devienne son esclave.

En cours de chimie, Darcie s'est chargée de tout le travail pendant que je rêvassais. Je fixais sans la voir la flamme qui sortait du bec Bunsen.

– Mais qu'est-ce qui t'arrive, aujourd'hui? a-t-elle fini par me demander.

D'habitude, j'aime bien la chimie, et j'espère secrètement faire un jour une découverte révolutionnaire. Un truc qui permettrait d'arrêter le vieillissement, ou qui rendrait les gens invisibles, ou qui donnerait le pouvoir de voler.

– La vie peut être tellement *bizarre*, ai-je répondu.

– Alors là, pas du tout, a dit Darcie avec son réalisme habituel. Elle est parfaitement logique. Tout est gouverné par la loi de cause à effet.

J'ai réfléchi à sa théorie en essayant de l'appliquer à ma situation.

Cause : jour de rentrée sans Gemma.

Effet : crise grave.

Cause : un nouveau trop craquant me fait un sourire génial en cours d'histoire.

Effet : je flashe à mort pour la première fois.

Cause : Cat débarque au collège alors que je ne l'avais pas vue depuis six ans.

Effet : étonnée et contente.

Normal que je ne m'y retrouve plus. C'est beaucoup pour une matinée.

SAM WALLIS
Gemma lui manque trop.

» Gemma Smith

2

Greenfields est une petite ville située à environ une heure de Londres. J'habite dans une impasse de la périphérie, dans une maison récente en briques rouges, avec mon père, ma mère et mon grand frère Ryan. Et, bien sûr, Craspouille, le chat le mieux habillé de Greenfields.

On est une famille très ordinaire qui vit dans une maison assez ordinaire dans une ville ordinaire. Même mes parents ont des métiers ordinaires. Ma mère est infirmière au centre médical. Mon père est le boucher du quartier.

Avoir un père boucher, ça a clairement des avantages et des inconvénients.

Plus

- Je ne risque pas de souffrir d'anémie ni de carence en protéines.
- Je ne risque pas de mourir de faim ni d'avoir une croissance retardée par la malnutrition.

Moins

- On mange tous les soirs de la viande et deux légumes. Jamais, au grand jamais, de pâtes, de lasagnes ni de pizzas comme les gens normaux.
- Papa sent toujours la viande.
- Si, par miracle, j'ai un petit copain avant mes trente ans, papa le fera fuir avec sa collection de couteaux à viande géants et ses énormes scies.

En rentrant de cours, j'ai trouvé maman de mauvais poil. Elle revenait du travail et portait encore sa tenue d'infirmière. Elle a dû assurer des tas de gardes supplémentaires ces derniers temps, et la fatigue se fait sentir. Et à la maison, papa et Ryan ne lèvent pas le petit doigt pour l'aider. Je comprends qu'elle stresse aussi facilement en ce moment.

– Cette maison part en morceaux, a-t-elle grommelé en me montrant la poignée de la porte de la cuisine.

Cette poignée tombe tout le temps. À chaque fois, papa fait semblant de la réparer, mais il s'y prend n'importe comment. Maman a raison pour la maison, elle part en morceaux. Et elle n'a pas été repeinte depuis des années.

– Chez tante Penny, on se croirait dans un magazine de déco, a dit maman avec envie. Elle n'arrête pas de m'envoyer des photos de sa nouvelle cuisine.

Tante Penny, la sœur de maman, vit en Australie. Quand elle ne lui envoie pas des photos de sa nouvelle cuisine, elle me bombarde de commentaires sur Facebook, depuis que j'ai eu la bêtise d'accepter qu'on devienne « amies » il y a un an, quand j'étais encore jeune et stupide. Gemma a commis la même erreur que moi, et on doit toutes les deux supporter les remarques horripilantes de tante Penny. Elle dit des trucs du genre : « C'était bien, votre boum ? » et elle croit que LOL, ça veut dire « *lots of love* », plein de bises. Du coup, elle est capable de m'écrire : « Désolée que tu aies passé une mauvaise journée, LOL. »

J'aimerais bien qu'elle arrête. Les gens de son âge n'ont rien à faire sur Facebook. Ils devraient avoir leur réseau social à eux, qui s'appellerait Préhistoriquebook.

– Où est Ryan ? ai-je demandé à maman, pour la distraire de ses envies de cuisine neuve.

Mon frère Ryan a seize ans, et tout du crapaud. Ses spécialités sont vider le frigo et les placards de tout ce qui se mange, et se terrer dans sa chambre en jouant de la guitare pendant des heures avec son copain Matthew, qui ressemble aussi à un crapaud.

– Il est dans sa chambre, m'a répondu maman. Avec Matthew. Ton père rapporte du porc pour le dîner. À ce propos, tu sais quel jour on est aujourd'hui ?

– Non.

Je me suis creusé la tête. Ce n'était l'anniversaire de personne.

– C'est notre anniversaire de mariage. Et pas n'importe lequel : vingt ans de mariage. Et devine ? Ton père n'a pas dit un mot !

Maman était en train de vider le lave-vaisselle. Arrivée aux couverts, elle les a quasiment jetés dans le tiroir. Pris de panique, Craspouille est sorti de la cuisine à la vitesse d'un missile téléguidé. C'est un chat très nerveux. Je ne comprends pas du tout pourquoi : il a toujours eu une vie paisible, et une garde-robe qui rendrait n'importe quel chat vert de jalousie.

– Il a peut-être prévu de fêter ça ce soir, ai-je suggéré avec mon optimisme habituel.

Mais soyons lucides, papa n'est pas du genre à se souvenir des anniversaires. Il s'intéresse nettement plus aux côtes de bœuf.

J'ai profité du silence dubitatif de maman pour lui parler de Cat.

– Alors elle est revenue à Greenfields toute seule avec sa maman ? m'a-t-elle demandé, sincèrement surprise.

– Oui, sa mère a hérité de la maison de sa grand-mère. C'est là qu'elles habitent, maintenant.

– Je vois, a dit maman, pensive. Je devrais peut-être faire signe à Eileen. Ça me ferait plaisir de la revoir.

Je suis montée dans ma chambre et je me suis allongée sur mon lit avec mon ordinateur portable, en espérant que Gemma m'avait répondu. Elle l'avait fait, bien sûr. Elle n'a pas beaucoup d'autres occupations, là-haut, aux Hébrides.

De : Gemma Smith

À : Sam Wallis

C'est pas vrai !!!! IL FAUT QUE TU EN APPRENNES PLUS SUR LUI. Je veux tout savoir.

Au cas où nos e-mails seraient interceptés par des agents ennemis, tu

dois l'appeler ADMV, pour « Amour De Ma Vie ». Moi, je l'appellerai ADTV, vu qu'il n'est pas l'amour de ma vie. Forcément, je ne l'ai jamais vu. C'est trop cool ! Tu dois m'envoyer des messages tous les jours, surtout qu'ici il n'y a même pas assez de réseau pour pouvoir se parler au téléphone.

Je m'ennuie comme prévu. Papa sort observer les phoques et maman écrit son livre sur l'histoire du lait caillé. POURQUOI faut-il que j'ai des parents zinzins ? On n'est que douze dans toute l'école ! Dont seulement deux autres filles de mon âge, qui sont fans de tricot !! Pas un garçon mignon à des kilomètres. Autant me jeter à la mer tout de suite.

Pas encore acheté mon kilt. Pour ce que ça change… Je n'ai personne à qui le montrer.

Tu crois que tu lui plais ? Tes cheveux étaient comment ?

Gemma me connaît par cœur. Elle sait que, certains jours, mes cheveux peuvent partir dans tous les sens, un vrai traumatisme pour moi.

Parfois, ils se tiennent tranquilles et j'ai une tête normale. Parfois, j'ai l'air d'avoir mis les doigts dans une prise de courant. Coup de chance, ils étaient nickel, ce que j'ai expliqué à Gem quand on a enfin réussi à tchatter.

(•••) Sam Wallis

Mes cheveux étaient au top. Une vraie déesse. Dès que j'en saurai plus sur lui, je te raconterai. Au lieu de te jeter dans la mer, balances-y plutôt tes parents ; c'est leur faute, tout ça. Et profite de ne pas avoir la pression côté vestimentaire. Tu peux même t'acheter une casquette en tweed avec perruque rousse intégrée, si ça te dit.

Gemma Smith

Bonne idée, la casquette. Ma vie est fichue. En regardant par la fenêtre, je ne vois que des moutons. Au secours ! Et toi, quoi de neuf ?

Sam Wallis

Tu te souviens de Catrina Malloy, mon amie de quand j'étais petite ? Elle a débarqué à Ploucfields ! Comme elle ne connaissait personne, on a déjeuné ensemble au self. C'était super bizarre de la revoir.

Gemma Smith

C'est DINGUE !!! Oui, je me souviens qu'elle était avec nous en primaire. Une brune super jolie ? Elle a déménagé je ne sais où et tu étais totalement perdue. Heureusement que j'étais là pour m'occuper de toi.

Sam Wallis

On lui donnerait seize ans, maintenant, j'ai l'air super immature à côté d'elle. Tous les garçons la regardent et les filles sont méga jalouses. Je crois que ça n'a pas trop plu à Tania Hamilton.

Gemma Smith

Comme ça, tu me remplaces par une nouvelle BFF ? JE LE SAVAIS !

Sam Wallis

Comme si je pouvais te remplacer ! D'ailleurs, c'est toi qui l'as remplacée, je te signale. Cat est super, mais ça m'étonnerait qu'elle soit sensible à l'art de porter des sweat-shirts second degré, et encore plus qu'elle comprenne ce que les chèvres ont de marrant. D'ailleurs, POURQUOI elles nous font marrer ? Comment ça a commencé ?

Gemma Smith

Ça me rassure, qu'elle ne comprenne rien aux chèvres. Ça a commencé quand on a visité une ferme avec la classe, en CM2, et que Mrs Prentiss s'est fait poursuivre par une chèvre en furie. Même qu'elle a déchiré sa jupe. Tous les autres pleuraient et nous, on rigolait, tu te rappelles ? Tu n'as pas arrêté de rire pendant tout le retour en bus.

J'étais assise avec maman dans la cuisine quand papa est rentré en fanfare. Je faisais mes devoirs sur mon ordinateur portable pendant qu'elle remplissait des mots croisés en écoutant la radio. Papa avait l'air extraordinairement fier de lui.

Papa n'est pas petit, mais il n'est pas grand non plus. Il est plutôt compact, musclé et poilu. Bon, à m'entendre, on dirait un nain du *Seigneur des anneaux*, alors que pas du tout. Il a un visage tout rouge, tout rond et souriant, des cheveux et des gros sourcils noirs, et toujours l'air mal rasé quoi qu'il fasse. Il est pas mal, mais il n'est pas beau comme maman est belle.

– Joyeux anniversaire ! a-t-il claironné en brandissant un sac en plastique comme un trophée. J'ai un cadeau pour toi !

Mon cœur s'est serré ; c'était un sac à rayures de la boucherie. Il y avait même les taches de sang sur le papier à l'intérieur.

Papa a continué à brandir son sac comme s'il contenait un collier de diamants.

– Hé non, ça n'est pas du porc ! J'avais dit ça pour brouiller les pistes. Pour fêter nos vingt ans de vie commune, je nous ai rapporté le *meilleur faux-filet que tu aies jamais mangé* !

Maman a gardé le nez plongé dans ses mots croisés comme si elle n'avait rien entendu. Papa n'a pas reçu le message ; il vit sur sa planète. Il s'est frotté les mains avec satisfaction.

– Ça va être le dîner de notre vie !

Maman a levé les yeux pour demander :

– « Sentiment éprouvé quand nos attentes ne se réalisent pas. » En neuf lettres. La première est un D.

Puis elle est montée à l'étage.

– Euh… Neuf lettres… Je sèche, a dit papa, totalement sur sa planète, donc.

– « Déception », ai-je dit.

– Quoi ?

– C'est la réponse pour les mots croisés.

– Ah, a fait papa, toujours sans percuter.

La définition n'était pas dans les mots croisés. J'ai vérifié après.

Maman est redescendue dans une robe qui lui va bien, mais qu'elle a depuis des années. Elle s'est mise à éplucher les légumes. Bien sûr, papa n'a pas remarqué qu'elle s'était changée. Il était trop occupé à parler de ses steaks en nous expliquant que les vaches étaient nourries avec du cresson biologique, ou je ne sais quoi. J'ai souvent l'impression qu'il est totalement aveugle à ce qui se passe autour de lui. Quand il fait de la peine à maman, il ne s'en rend même pas compte. Il part du principe que tout le monde a toujours le moral, comme lui.

Ryan et Matthew ont fait leur apparition, avec des têtes de vampires surpris par la lumière. Des vampires couverts de pustules suite à une perturbation hormonale généralisée et à la malédiction de la « strangitude » adolescente. Pas étonnant qu'ils jouent toujours des chansons lugubres à la guitare. Ça doit être carrément déprimant de ressembler à un crapaud.

Matthew est parti d'un pas traînant, en marmonnant quelque chose qui ressemblait à « au revoir ». Papa a insisté pour qu'on dresse une table de fête avec des bougies. Il a ouvert une bouteille de son meilleur vin, qu'il a reçu pour Noël. Elle était couverte de poussière – pas parce que c'était une vieille bouteille, mais parce que c'est poussiéreux chez nous.

J'ai mis Craspouille en tenue de soirée, sans oublier son nœud papillon miniature rose, pour le prendre en photo avec papa et maman. Il a moyennement eu l'air d'apprécier, mais ça a paru améliorer un peu l'humeur de maman. J'espère sincèrement que, si j'arrive à rester mariée pendant vingt ans, j'aurai droit à quelque chose de plus romantique que du faux-filet.

Malgré ce cadeau horrible, maman a essayé d'entrer dans l'esprit de la fête. Elle est bien trop sympa. Quand papa s'est penché au-dessus de la table pour l'embrasser à pleine bouche, elle n'a rien dit. Elle lui a même rendu son baiser.

Horrifié, Ryan a filé se réfugier dans sa chambre. Tout aussi dégoûtée, j'ai décidé d'aller faire un jogging. Ça m'a paru plus sûr, au cas où les choses prendraient une tournure carrément gênante.

Sam Wallis

C'est officiel, je suis une espionne ! L'amour m'a rendue folle.

Gemma Smith

LOL. Raconte.

Sam Wallis

Ça s'est trouvé comme ça. J'étais sortie courir après le dîner pour fuir un incident de câlin franchement embarrassant entre mon père et ma mère. Bref, j'allais tourner dans ma rue en revenant quand j'ai vu David Matthieson, ou ADMV, comme tu dis, qui marchait devant moi. Je l'ai suivi à distance prudente.

Gemma Smith

Je te confirme, c'est de l'espionnage. La suite !!!!

Sam Wallis

Tu ne vas PAS le croire ! Il est entré dans la maison qui se trouve à CINQ NUMÉROS DE LA NÔTRE ! Celle où il y a eu une pancarte « À louer » pendant des mois. Je suis sous le choc. Comme je ne l'ai jamais vu se diriger par ici en sortant de cours, sans doute qu'il a une activité après le collège et qu'il rentre plus tard.

Gemma Smith

T'as découvert autre chose ?

Sam Wallis

J'ai traîné une minute devant chez lui en regardant par-dessus la haie. Puis la porte s'est ouverte. J'ai cru que c'était lui et je me suis planquée à toute vitesse derrière un conteneur à ordures. Mais c'était pas lui, c'était sa mère !

Gemma Smith

Elle ressemble à quoi ?

Sam Wallis

Cheveux châtains plutôt longs avec une queue de cheval, jean délavé et tee-shirt. Elle n'est pas super jeune, au moins quarante ans. À ce moment-là, j'ai dû partir parce qu'elle sortait la poubelle et qu'elle arrivait droit sur moi.

Gemma Smith

Sam Wallis l'espionne des poubelles, ha ha !

Sam Wallis

N'empêche que j'ai des informations sur la famille d'ADMV qui m'ont fait un choc.

Gemma Smith

Dis-moi tout.

Sam Wallis

Quand je suis rentrée, maman remplissait le lave-vaisselle pendant que papa regardait la télé, et Ryan était terré dans sa chambre comme d'habitude. J'ai demandé à maman si elle savait quelque chose sur les nouveaux voisins. Eh ben oui, figure-toi. Et devine grâce à qui ?

Gemma Smith

Flora la Fouine ?

Sam Wallis

Gagné. Flora la Fouine la voisine a raconté à maman qu'elle avait repéré un garçon (ADMV, clairement) et une petite fille de six ou sept ans qui s'appelle Jessica. La mère est acupunctrice. Comme Flora n'a pas vu de père dans les parages, elle en a conclu qu'ils sont divorcés.

Gemma Smith

C'est quoi, une acupunctrice ?

Sam Wallis

Une sorte de médecin qui te met des aiguilles partout. T'es trop nulle, toi !

Gemma Smith

Des aiguilles ? Bouh... Je n'aimerais pas ça du tout. Mais de là à être choquée que la mère d'ADTV pique les gens avec des aiguilles...

Sam Wallis

C'est pas ça, le problème. Voilà : d'après Flora la Fouine, ils sont abonnés au *Magazine des végétariens*, et pendant que j'étais cachée derrière la poubelle de recyclage, j'ai vu un sachet vide sur lequel il y avait écrit «Tofu mariné»!

Gemma Smith

!!!!!!!!!! Ton père est boucher et tu as flashé sur un végétarien!!!!!! Haha-hahahahahaha.

Sam Wallis

Ça ne me fait PAS RIRE.

Gemma Smith

Moi si.

Sam Wallis

Je ne te parle plus. Bonne nuit.

Gemma Smith

C'est trop drôle.

Sam Wallis

Je suis maudite. POURQUOI MOI?

SAM WALLIS
est choquée de découvrir que ses parents sont mariés depuis VINGT ANS. On est condamné à moins que ça quand on a commis un meurtre.

» **Darcie Clelland** et **Gemma Smith**

» **Penny Griffiths** C'était un si beau mariage ! Souhaite un bon anniversaire à tes parents de ma part.

3

Ce matin, je me suis préparé un sandwich tomate-gruyère à la place de mon sandwich au jambon habituel[1]. Je ne *veux pas* que David Matthieson me voie m'enfourner du porc au déjeuner. Franchement. Juste au cas où il s'intéresserait à moi, je ne vais pas tout flanquer par terre. Donc, je n'ai plus qu'à devenir végétarienne au collège. Par sécurité.

Plus

- *Je peux encore espérer.*

Moins

- *Je me fais peut-être des illusions.*
- *Ma vie est déjà assez compliquée.*

1. Dans les collèges et les lycées britanniques, il est courant que les élèves apportent leur déjeuner pour le manger à la cantine.

À ma grande déception, David n'était pas en cours ce matin. Il s'était montré super sympa en histoire, et même, ai-je décidé, plus que la normale. Il avait retenu mon nom et il m'avait parlé à la fin du cours. Donc, clairement, il y avait de l'espoir.

Cat est venue s'asseoir à ma table au déjeuner. Ça continuait à me faire bizarre de la revoir, et en même temps, j'avais l'impression qu'on se retrouvait comme avant. On avait des tas de trucs à rattraper.

Je lui ai parlé de Ryan qui se planquait dans sa chambre dans le cadre de sa strangitude ado, et qui grognait plus qu'il ne communiquait, de maman qui en avait marre que papa s'intéresse plus aux faux-filets qu'aux soirées romantiques, et de mon coup de foudre pour le nouveau du cours d'histoire probablement végétarien. Je lui ai demandé si elle me trouvait débile de me faire passer pour une végétarienne.

– Pour commencer, essaie de découvrir si tu l'intéresses, ou s'il est juste sympa parce que c'est dans son caractère, m'a répondu Cat en piquant sa fourchette dans une feuille de salade.

– Chuut ! ai-je sifflé.

J'avais la trouille que David Matthieson débarque derrière nous pendant que j'expliquais pourquoi je le trouvais génial. Cela dit, je ne l'avais pas vu au self ni où que ce soit ailleurs dans le collège. J'avais vérifié. Si on mesure le coup de foudre sur une échelle de un à dix, j'étais plus près de dix que de un. C'est vrai, il faut vraiment tenir à quelqu'un pour le chercher partout et être prêt à renoncer à manger du jambon.

– Et qu'est-ce que tu vas faire ? m'a demandé Cat d'un air intéressé.

– Aucune idée. J'aimerais bien en apprendre plus sur lui. Je sais déjà qu'il habite dans ma rue. C'est un début.

– Comment il s'appelle ?

Elle avait l'air de se douter de qui il s'agissait, tout à coup.

– David Matthieson.

Elle a souri jusqu'aux oreilles d'un air ravi.

– Tu le connais ? ai-je demandé.

– Oui ! Très bien, même ! Il était avec moi au collège de Bredborough. David est super. C'est... quelqu'un de bien. J'aurais pu deviner que c'était lui. Enfin, je savais qu'il devait venir habiter ici, et aussi que sa famille est végétarienne. Mais je n'avais pas fait le rapprochement. C'est marrant que tu craques justement pour lui !

Alors, Cat connaissait David Matthieson ! Pour une surprise... Je n'étais pas sûre que ça me plaise qu'il soit ami avec une fille aussi scandaleusement canon que Cat.

– Attention, voilà Taylor ! ai-je chuchoté. Changeons de sujet. Si tu le répètes à quelqu'un, je te tue. Et t'as pas intérêt à dire à David que mon père est boucher !

– Je serai muette comme une tombe, m'a-t-elle promis.

J'ai décidé que je l'interrogerais sur David plus tard.

Taylor s'est assis avec un soupir déchirant.

– Qu'est-ce qui t'arrive ? lui ai-je demandé.

– Le pauvre messire Griffen court un grand péril ! a-t-il déclaré. Dame Tania m'a interdit de vous parler, nobles damoiselles. Ma vie même est menacée !

Il était tellement grandiloquent que je n'ai pas pu m'empêcher de sourire.

– Bon alors, qu'est-ce que tu fais là ?

– Gentes damoiselles, comment m'en empêcher ? Je suis l'esclave de vos charmes ! Et pourquoi devrais-je obéir à Tania ? On est la vieille bande de l'école primaire de Greenfields, oui ou non ?

J'étais sciée que Tania ait interdit à Taylor de nous parler. C'était du délire. Je l'ai regardée et, en voyant qu'elle nous observait d'un air furieux, je me suis dit que la vie de Taylor était peut-être vraiment en danger. En tout cas, elle était plus grande que lui, et bien plus musclée. Je les ai imaginés en train de lutter au corps à corps dans un combat à mort.

Tout le long du repas, pendant que Taylor nous amusait en imitant des profs, j'ai remarqué que plusieurs garçons regardaient Cat avec des yeux de merlan frit, comme si c'était la première fois qu'ils voyaient une fille. Pendant quelques secondes assez désagréables, je me suis demandé si David Matthieson l'avait déjà regardée comme ça.

L'après-midi, en arrivant en cours d'anglais, je l'ai vu, comme je l'avais espéré.

Cette fois, il n'était pas à côté de moi mais trois rangées derrière. Ça ne m'arrangeait pas, parce que j'aurais voulu pouvoir le regarder discrètement. Là, j'allais devoir me tordre le cou comme un hibou. Pas très sexy, quoi.

On lisait *Roméo et Juliette* avec Miss Barry. Tous les profs ont des manies, et les siennes sont : 1) manger des tonnes de pastilles à la menthe et 2) dire : « Servez-vous de votre *imagination* ! » (c'est toujours mieux que les manies de Mr Ashcroft, le prof de physique, qui sont : 1) se gratter les genoux et 2) dire en fermant les yeux : « Résolvez ce problème ! »).

Miss Barry était de bonne humeur, sûrement parce qu'elle vient de se fiancer avec Mr Je-me-gratte-les-genoux Ashcroft et qu'elle va bientôt changer de nom. Si elle croit que ça va nous empêcher de l'appeler Barry la Barjo dans son dos, elle se trompe.

Bref, Miss Barry était toute contente et enthousiaste à force de se servir de son *imagination* pour visualiser son avenir avec Mr Ashcroft. Ce qui est la pire des humeurs pour un prof quand il doit nous faire cours. Parce qu'il va forcément être déçu.

– Ouvrez vos livres ! a-t-elle gazouillé. Tout le monde a son livre ? Tenez, j'en ai un en plus. Bien, vous êtes prêts ? Nous allons lire la scène 2 du deuxième acte. Samantha ! Tu lis les répliques de Juliette. Taylor, tu seras Roméo.

Taylor suit des cours de théâtre depuis qu'il a cinq ans. C'est sans doute pour ça qu'il est aussi ridiculement sûr de lui – il est persuadé qu'il finira par faire carrière sur les planches, d'abord à Londres et ensuite à New York. Il a demandé à Miss Barry s'il pouvait se lever parce que ça l'aidait à projeter sa voix, déjà assez tonitruante en temps normal.

– Excellente idée, Taylor, a-t-elle approuvé. Sam, si tu te levais aussi ?

Je me suis levée en serrant mon livre contre moi et en fuyant tous les regards. Celui de David Matthieson, en particulier.

Taylor s'est mis à beugler, une main sur le cœur :

– *Mais doucement ! Quelle lumière jaillit par cette fenêtre ? Voilà l'Orient, et Juliette est le soleil !*

C'était une longue tirade. Il a continué à déclamer, comme quoi j'étais aussi belle que les étoiles du ciel et tout ça. Après je devais dire « Hélas ! », et on partait sur une histoire de noms. Le pire, c'est quand on a dû se jurer un amour éternel. Tandis que je marmonnais mes lignes platement, Taylor se jetait à corps perdu dans son rôle. Il en faisait tellement que tout le monde était mort de rire.

Il y avait un passage où il disait : « *Oh ! vas-tu donc me laisser si peu satisfait ?* » et où je répondais : « *Quelle satisfaction peux-tu obtenir cette nuit ?* », et là, Tania Hamilton a lancé :

– Il ne se sent plus, Roméo !

Toute la classe a ri encore plus.

Quand on a eu terminé, je pensais avoir touché le fond de l'humiliation. Erreur. David est venu me voir à la fin du cours pour me dire :

– Tiens, tu as perdu ça hier.

Il m'a tendu une feuille de papier pliée, et j'ai verdi en

comprenant ce que c'était. Oui, vous avez deviné: la liste de Plus et de Moins que j'avais écrite sur moi-même en cours d'histoire. Celle où j'énumérais tous mes défauts honteux.

J'ai marmonné un «merci» sans réussir à le regarder en face, et je me suis éloignée avec toute la dignité qui me restait.

J'ai passé une bonne partie de la soirée à me balancer d'avant en arrière sur mon lit, roulée en boule, en serrant contre moi Sid, mon singe en tricot (qui dort avec moi) et en geignant doucement.

Entre deux flash-backs traumatisants, j'ai quand même trouvé le temps d'envoyer un message à Gem.

Sam Wallis

SOS.! Cette fois, ma vie est fichue. J'ai fait une liste de Plus et de Moins sur moi, mais je l'ai perdue et ADMV est tombé dessus. Elle mentionne mes mains de géante, ma poitrine plate ET mon léger problème de pets.

Il y a eu une pause d'au moins cinq minutes. Je savais que Gemma était littéralement en train de se rouler par terre de rire parce que j'aurais fait exactement pareil à sa place. Au moins, elle a eu la compassion de m'épargner la réponse «hahahahaha».

Gemma Smith

Hou là! Toi, t'es mal barrée. Très très très mal barrée.

Sam Wallis

Je fais quoi????

Gemma Smith

Tu t'exiles aux Hébrides. Tu as raison, ta vie est fichue.

Le lendemain, j'étais en train de manger avec Cat quand Taylor nous a rejointes. J'étais encore traumatisée, et furieuse contre moi-même. Du coup, j'ai décidé que j'avais aussi de bonnes raisons d'en vouloir à Taylor.

– Comment tu as pu me mettre la honte comme ça? me suis-je indignée quand il s'est assis.

– Qu'est-ce qu'il a fait? m'a demandé Cat.

– À cause de lui, j'ai dû me lever pour jouer Juliette en cours d'anglais. DEVANT DAVID MATTHIESON.

J'ai baissé la voix sur les dernières syllabes en me rendant compte de mon erreur. J'avais réussi à lâcher devant Taylor que je craquais pour David Matthieson! Pourquoi, pourquoi, POURQUOI je n'étais pas fichue de me taire?

– T'as pas intérêt à aller le répéter, ai-je ajouté d'un ton menaçant.

Je peux être assez effrayante quand je veux.

Taylor avait l'air de jubiler. Ses yeux bleus tout ronds brillaient de malice.

– Ne craignez rien, Dame Sam, votre secret est bien gardé, à l'abri en mon sein, m'a-t-il assuré la main sur le cœur, comme s'il jouait toujours Roméo.

Je pouvais presque voir son cerveau mouliner sur la

manière dont il pourrait utiliser ce scoop à son avantage.

– J'espère bien, ai-je répliqué.

– En outre, je pourrais vous révéler des choses très intéressantes sur David.

Ça ne m'a pas étonnée. Dans le genre pipelette, Taylor est pire que toutes les filles que je connais. Ce qui ne risquait pas de me rassurer.

– Eh ben, vas-y, qu'est-ce que tu sais sur lui ?

– Il mange tous les midis au CDI. Et d'après la légende, il fut presque banni du collège de Bredborough pour de sombres méfaits.

– Tu étais au courant ? ai-je demandé à Cat. Qu'est-ce qui s'est passé ?

– Il a séché quelques cours et il s'est battu, a-t-elle lâché en rejetant ses cheveux brillants derrière son épaule.

Ça, c'était une surprise. Ça ne collait pas avec l'impression qu'il me donnait.

– Pourquoi il mange au CDI ? lui ai-je demandé.

– Il rattrape son retard en sciences et en maths, a dit Cat.

– Mais pourquoi il faisait ça, sécher et se battre, à Bredborough ? ai-je insisté, perplexe.

Elle a haussé les épaules d'un air gêné.

– Écoute, c'est quelqu'un de chouette, je t'assure, m'a-t-elle répondu.

J'ai eu l'impression qu'elle ne tenait pas à entrer dans les détails sur le sujet. Elle ne me disait pas tout. Elle se méfiait sans doute de Taylor la pipelette. Je me suis promis de l'interroger une fois qu'on serait seules.

SAM WALLIS
déteste Roméo et Juliette.

» **Angela Murray, Gemma Smith** et 3 autres

» **Taylor Griffen** Je choisis de ne pas me sentir visé.

» **Tania Hamilton** Pourtant tu devrais, Roméo.

4

Quand je suis rentrée à la maison, maman finissait de nettoyer l'aquarium de Ryan. Il ne s'en était pas occupé depuis des siècles, et ses pauvres poissons auraient clairement fini par mourir si personne ne les avait tirés de leur vase verdâtre.

Ensuite, elle est allée étendre un énorme panier de linge dehors, sur la corde. Je l'ai suivie pour l'aider. Personne d'autre ne risquait de le faire.

– Tu paries qu'elle va mettre combien de temps, aujourd'hui ? m'a demandé maman.

– Je lui donne trois minutes.

On parlait de notre voisine, Flora, celle qui est super fouineuse. C'est d'ailleurs pour ça qu'on l'appelle Flora la Fouine.

Flora assure la surveillance du quartier à elle toute seule. Rien ne se passe dans notre rue sans qu'elle soit au courant du moindre détail.

Plus

- On n'a quasiment aucun risque d'être cambriolés.
- Si on est cambriolés, le voleur sera filmé par la caméra de surveillance haute résolution que Flora la Fouine a installée.
- On est au courant de tout ce que font nos autres voisins et de leurs terribles secrets.

Moins

- Nos voisins sont au courant de tout ce qu'on fait et de nos terribles secrets.

Flora la Fouine habite seule. C'est une ancienne secrétaire de collège, qui s'ennuie depuis qu'elle est à la retraite. Alors elle s'occupe en apprenant tout ce qu'elle peut sur tout le monde. On peut compter sur Flora pour passer la tête par-dessus la haie à la première occasion pour colporter les derniers ragots.

Et bingo, sa tête est apparue au bout d'à peine une minute. À chaque fois, elle est obligée de se mettre sur la pointe des pieds pour nous voir.

– J'espère pour vous qu'il ne va pas pleuvoir, a-t-elle déclaré en guise de bonjour.

Ses yeux brillants de malice paraissaient énormes derrière les verres épais de ses grosses lunettes.

– Ça devrait se maintenir, a répondu maman, qui maîtrise très bien le langage météo. J'aime beaucoup votre coiffure.

Flora avait effectivement une nouvelle coupe. Elle a souri d'un air ravi. Presque trop ravi pour un simple compliment sur sa coiffure.

– J'ai une nouvelle ÉPATANTE ! nous a-t-elle annoncé.

– Ah oui ? a dit maman en fixant fermement l'horrible caleçon bordeaux de papa sur la corde avec une pince à linge.

– J'ai gagné à un concours ! a repris Flora la Fouine, le souffle un peu court à force de se tenir sur la pointe des pieds. C'est une croisière de luxe aux Antilles pour deux personnes !

– C'est fantastique, Flora ! s'est exclamée maman. Qu'est-ce que vous avez fait pour gagner ça ?

– À vrai dire, je ne sais pas trop. Comme je participe à toutes sortes de concours, j'ai oublié ! J'ai reçu un coup de téléphone ce matin, mais ils m'envoient tous les détails par la poste. Je n'en reviens toujours pas !

– Eh bien, prévenez-moi quand je dois faire mes valises ! a plaisanté maman.

– Promis ! a dit Flora la Fouine.

Puis on est rentrées à la maison, et j'ai commencé à éplucher les pommes de terre pendant que maman vidait le lave-vaisselle.

– Elle a de la chance, Flora ! ai-je commenté.

Maman a soupiré.

– J'ai un mauvais pressentiment à propos de cette histoire. Les gens reçoivent tout le temps des coups de téléphone pour des croisières prétendument gratuites. Mais quand on y regarde de plus près, on s'aperçoit généralement qu'il y a un os. Tous les repas sont en supplément, ou tu te retrouves coincée dans une cabine minuscule à bord d'une espèce de ferry qui te dépose dans tous les coins les plus touristiques pour que tu dépenses tout ton argent. J'ai bien peur qu'elle ne soit déçue.

– Pourquoi tu ne lui as rien dit ? ai-je demandé.

– Je ne voulais pas lui enlever ses illusions. Elle le découvrira bien assez tôt, et on évitera de lui en reparler.

Une des qualités de maman, c'est de se soucier des autres ; elle se préoccupe de ce qu'ils ressentent et elle fait toujours attention à ce qu'ils soient à l'aise. Ça doit être son côté infirmière ; elle a le feeling avec les gens. Elle s'entend très bien avec Flora, même si elles sont très différentes. Maman est encore plus gentille avec elle depuis que son mari est mort, il y a quelques années, et je crois que Flora y est sensible.

Après le repas, comme j'ai vu que Gem était en ligne, on a un peu tchatté, et ça m'a fait du bien.

Gemma Smith

Comment ça va, l'espionne ? Tu vas mettre un autel à ADTV dans ta chambre ?

Sam Wallis

Déjà fait. J'ai une photo géante de lui au milieu des légumes et des produits à base de soja. Les choses ne se sont pas arrangées. J'ai dû jouer Juliette DEVANT LUI avec Taylor Griffen dans le rôle de Roméo ! J'ai aussi appris qu'il se battait et qu'il séchait les cours dans son ancien collège.

Gemma Smith

Oh, c'est un rebelle, alors ! C'est DINGUE qu'il habite dans ta rue. C'est dingue qu'il soit végétarien !!! Et c'est encore plus dingue qu'il soit tombé sur ta liste de Plus et de Moins. J'ai trop ri hier à cause de toi ; maman a cru que j'avais une attaque ! Elle s'est mise en rogne parce qu'elle a besoin de calme pour écrire. À croire que ça demande une concentration énorme d'écrire l'histoire du lait caillé !

Sam Wallis

Comment ça se passe, aux Hébrides ? Toujours aucun garçon à l'horizon ?

Gemma Smith

Aucun ; rien que des moutons. Je m'ennuie à mort. Les deux filles de mon âge, Shona et Elaine, essaient de m'intéresser au tricot.

Sam Wallis

LOL. Alerte troisième âge. Elles ont les cheveux permanentés et teints en violet ?

Gemma Smith

Très drôle ! Non, elles ont des têtes normales. À vrai dire, cette histoire de tricot, ça leur permet de gagner de l'argent. Elles se font un paquet de fric en vendant leurs trucs dans des magasins pour touristes. Elles m'ont invitée hier après les cours et elles ont essayé de m'apprendre ! Et tu sais quoi ? J'ai trouvé ça sympa !

Sam Wallis

Tu déconnes ? Tu es sûre que ça va, toi ?

Gemma Smith

Ça doit être le pur désespoir de l'ennui. J'ai décidé de te tricoter une écharpe et un bonnet verts pour ton anniversaire. J'espère qu'ils vont te plaire !

Sam Wallis

Franchement, tu ne devrais pas te donner cette peine. J'insiste.

Gemma Smith

Une vraie amie mérite bien ça. À ce propos, comment va ta nouvelle BFF ?

Sam Wallis

Cat ? Elle s'adapte sans problème. Figure-toi qu'elle allait dans le même collège qu'ADMV à Bredborough, alors j'essaie de lui tirer les vers du nez. Comment tu vas te débrouiller pour te trouver un copain ? Remarque, maintenant que tu as rejoint le club de tricot, tu vas pouvoir fabriquer des filets géants et pêcher des garçons dans la mer.

Gemma Smith

Tu ne crois pas si bien dire. Shona et Elaine ont un plan pour rencontrer des mecs. Mais elles en font tout un mystère. Plus qu'à continuer à tricoter pour le découvrir. Je te préviens, tu vas peut-être te retrouver avec un châle géant et des tonnes de chaussettes.

Sam Wallis

J'ai trop hâte que tu m'envoies le châle. Il me faut bien ça pour me planquer après m'être ridiculisée en cours d'anglais. En tout cas, j'aimerais bien savoir pourquoi il s'est battu dans son ancien collège.

Gemma Smith

Tu crois qu'ADTV est un voyou ? Si oui, tu pourras lui rendre visite en prison. Tu ne seras pas en concurrence avec d'autres filles et tu pourras arranger tes cheveux avant chaque visite. Il sera obligé de tomber amoureux de toi, même avec ton léger problème de pets.

Sam Wallis

Ça m'étonnerait que ce soit un voyou. Faut que j'y aille. J'ai un besoin urgent d'aller habiller Craspouille en joueur de baseball.

Gemma Smith

Amuse-toi bien. Je vais avancer sur ton écharpe et ton bonnet. Par sécurité, je pars du principe que tu as une tête plus grosse que la moyenne.

Après avoir lu sa dernière blague, j'ai gloussé pendant une demi-heure. Après, je suis allée vérifier dans le miroir. Au cas où. Je ne tiens pas du tout à devoir ajouter « grosse tête » dans les Moins de ma liste personnelle. Je n'ai pas besoin de ça.

Samedi matin, j'ai fait la même chose que tous les samedis matin depuis des années avec Gemma, et que je m'habitue maintenant à faire seule. Je suis allée au haras, qui se trouve à une vingtaine de minutes de chez moi à vélo.

Plus

- *Je passe du temps avec les chevaux et je les adore.*
- *Je rencontre d'autres fans de chevaux.*

Moins

– Je me retrouve couverte de fumier et ça sent carrément mauvais. Beurk.
– Nettoyer les écuries, c'est crevant.

Ça me fait drôle d'aller au haras sans Gem. Mais au moins là-bas, tout le reste, que j'adore, est resté pareil.

La propriétaire, Sheila, est quelqu'un de très terre à terre et d'assez ronchon, mais au fond, elle est adorable. Je suis sûre qu'elle aime les chevaux plus que les gens. Elle se balade toujours habillée d'un vieux pull et d'un pantalon de Stan, son mari.

Quand je suis arrivée, Sheila était déjà en train de sortir les chevaux. Elle a levé la main pour me saluer. Une bande de gamines excitées attendaient dans le paddock tandis que leurs parents les aidaient à mettre leurs bombes.

Mon travail est de finir de nettoyer les écuries à la place de Sheila pendant qu'elle donne les cours. Je dois aussi remplir les mangeoires et nettoyer l'équipement quand elle n'a pas eu le temps de s'en occuper.

J'en étais à la moitié du nettoyage quand je me suis arrêtée pour me reposer. Je regardais le paddock, adossée à la porte de l'écurie, quand j'ai repéré une femme aux cheveux châtains attachés en queue de cheval.

C'était la mère de David Matthieson ! Elle accompagnait une petite fille très mignonne avec des cheveux blonds ondulés, qui avait l'air si excitée que ça devait être sa première leçon.

C'était dingue. Le destin ne cessait de mettre David Matthieson sur ma route. D'abord, on avait deux cours en commun, et maintenant, sa mère et sa sœur venaient au haras ! Tout n'était peut-être pas fichu, finalement ! Si je me débrouillais pour que sa petite sœur m'aime bien, il restait peut-être une chance pour qu'il me trouve géniale aussi et qu'il oublie les derniers incidents embarrassants.

Je me suis démenée comme une dingue jusqu'à être en nage, en balançant de la paille partout, et j'ai réussi à terminer avant la fin de la leçon.

J'ai filé jusqu'au paddock. La sœur de David venait de descendre de cheval et sa mère l'aidait à enlever sa bombe.

– Ça t'a plu ? lui ai-je demandé gaiement, avec mon plus gentil sourire.

Elle m'a regardée fixement.

– Pourquoi t'as de la paille dans les cheveux ? Et pourquoi t'es toute rouge, toute mouillée et toute brillante ?

– Excusez-la, m'a dit sa mère d'un air gêné. Jessica, si tu disais à la gentille demoiselle que tu as adoré ta première leçon ?

– Non, a répliqué Jessica en croisant les bras. Je ne parle pas aux gens qui sentent mauvais !

Sa mère a paru super gênée. Et il a fallu que j'aggrave les choses.

– Ça tombe bien, ai-je riposté, parce que moi, je ne parle pas aux sales mioches !

C'était parti tout seul.

– Mais enfin ! ai-je entendu souffler la mère de David tandis que je m'éloignais d'un pas lourd.

J'ai bousculé Sheila sur mon chemin.

– Ça va ? m'a-t-elle demandé, l'air inquiet.

– Non, ai-je répondu. Je viens de traiter ta nouvelle élève de sale mioche. Parce qu'elle a dit que je puais.

– Je dirais qu'elle ne l'a pas volé.

– Je suis quand même désolée.

– Va faire un tour à cheval, m'a-t-elle conseillé. Ça te calmera.

Sheila est d'une grande sagesse.

Une balade sur le dos de Muscade m'a effectivement fait du bien. Je pense toujours mieux quand je la monte. C'est l'avantage d'habiter à Greenfields : on a beaucoup d'espaces verts, avec plein de pistes cavalières et de très jolis paysages.

Je m'en voulais d'avoir été aussi sèche avec la petite sœur de David. C'est vrai, à quoi ça rime de se battre avec une gamine de sept ans ? Qu'est-ce que j'essayais de prouver ? J'aimerais que ma vie soit moins compliquée, comme celle de Muscade. Elle, elle se fiche de ce que les gens disent. Elle se contente de sortir et de faire de l'exercice au soleil. Dans ma prochaine vie, je voudrais être un cheval et vivre dans le haras de Sheila.

Après avoir pansé Muscade, j'ai bu une tasse de thé avec Sheila dans son immense cuisine, au milieu de ses chats et de ses labradors. Elle a sorti un paquet de biscuits.

– Désolée de m'être énervée avec la petite fille, ai-je déclaré. Elle ne va plus vouloir revenir, maintenant.

– Ne t'inquiète pas pour ça, m'a répondu Sheila. La mère a réservé pour dix leçons !

Après le thé, c'était l'heure du cours de Lucy.

Lucy a dix-sept ans et elle a une espèce de paralysie cérébrale. Ça veut dire qu'elle a des spasmes musculaires incontrôlables. Elle a beaucoup progressé depuis qu'elle a commencé à prendre des cours l'an dernier, et elle s'améliore chaque semaine. Il y a des gens qui croient que Lucy est ma grande sœur parce qu'elle est blonde comme moi ; mais elle a les yeux bleus, pas noisette.

C'était une très belle matinée de printemps. Dans le paddock, Lucy dirigeait son cheval et exécutait des demi-tours toute seule.

— Tu as bien plus confiance en toi qu'il y a un an ! ai-je dit pour l'encourager en l'aidant à mettre pied à terre.

Lucy a fait une petite grimace. Ça lui arrive quelquefois quand elle va parler, parce que chaque mot lui demande un effort.

– Merci. Aujourd'hui, c'était… chouette. Mais je ne pourrai… jamais monter… comme toi, avec mes… bras et mes jambes stupides.

– Moi, je trouve que tu t'en sors super bien, ai-je insisté. Regarde-toi ! Qui aurait cru que tu arriverais un jour à faire tout ça ? Au début, tu avais tellement peur que tu ne voulais même pas monter en selle, tu te souviens ?

– C'est vrai, a-t-elle admis d'un air content.

Après, on a bavardé en prenant le thé comme d'habitude dans la cuisine de Sheila. Lucy m'a parlé de son programme de révision pour le bac. Apparemment, ça demande des heures et des heures de travail.

– Ça a l'air horrible ! me suis-je exclamée.

– Bah, c'est pas si terrible, a dit Lucy. Le truc, c'est de tout découper en – petits bouts. C'est le conseil que nous donnent les profs. De toute façon, il me – faut de bonnes notes pour l'an prochain.

Elle voudrait étudier le droit à l'université. C'est une super intello.

– Sans Gemma, ce n'est plus pareil qu'avant, a-t-elle observé tristement juste avant de partir.

– Je sais.

J'étais bien d'accord avec elle.

Sur le chemin du retour, j'ai décidé d'acheter des gâteaux pour faire plaisir à maman. Elle avait l'air épuisée par son travail, et toujours déçue par son anniversaire de mariage, même si elle essayait de ne pas le montrer. J'étais en train de garer mon vélo devant la boulangerie quand j'ai vu Cat qui venait vers moi, avec les membres de son groupe, Mister Bleaney.

Elle était encore plus éblouissante sans son uniforme du collège. Elle portait un tee-shirt violet déchiré avec une grosse bouche rouge vif imprimée dessus, une minijupe en jean et un collant violet. Elle avait des tas de bracelets en cuir aux poignets et un foulard noir tissé de fils d'argent autour du cou. Ses yeux bruns étaient accentués par un trait d'eye-liner. Les autres étaient habillés dans le même style, mais surtout en noir.

Tout à coup, je me suis rendu compte de l'allure que j'avais. Je portais mon vieux sweat-shirt rose second degré avec une tête de cheval et j'étais couverte de boue des pieds à la tête. J'avais mis mes bottes et mon pantalon d'équitation les plus pourris. En me passant la main dans les cheveux, j'ai senti des brins de paille, comme l'avait dit la sœur de David. C'était la catastrophe.

Je me suis penchée sur mon vélo et j'ai fait semblant de vérifier les freins. Je n'y connais rien aux freins de vélo, mais ça me donnait un prétexte pour leur tourner le dos. Je ne voulais pas qu'ils me voient dans cet état.

– Salut, Sam! m'a lancé Cat en s'approchant.

Elle paraissait contente de me rencontrer.

– Salut, ai-je répondu sans me retourner, la tête baissée.

J'ai plongé à l'intérieur de la boulangerie avec un petit signe d'au revoir avant qu'elle puisse se lancer dans les présentations. Une fois sûre qu'ils étaient partis, j'ai sorti la tête par la porte pour les observer. Ils étaient tous en train de se marrer et il y en a un qui avait passé un bras autour du cou de Cat. Et là, soudain, j'ai ressenti comme un petit pincement de jalousie.

Brusquement, dans un petit coin de ma tête, j'ai pensé: «Tout le monde trouve Cat super belle. Il y a toujours plein de garçons qui s'intéressent à elle. Si j'étais aussi classe qu'elle, peut-être que David Matthieson aurait envie de sortir avec moi.»

J'ai pris des tartelettes, les pâtisseries préférés de maman, puis je suis rentrée à vélo, en cherchant pendant le reste du chemin comment je pourrais m'y prendre pour avoir l'air à moitié aussi stylée que Cat.

Et, j'avoue, je pensais aussi à David.

C'est plus fort que moi, je ne peux jamais me le sortir de la tête. C'est la première fois que je ressens ça pour quelqu'un. Je n'arrête pas de penser à des trucs idiots : les plis qu'il a autour des yeux quand il sourit, les muscles de ses bras quand il remonte ses manches. J'ai toujours envie qu'il soit là. Et après, QUAND il est là, plus moyen d'ouvrir la bouche.

C'est un miracle que je n'aie pas foncé dans un arbre tellement j'étais occupée à rêvasser.

– Sam ! Tu sais que je suis au régime ! a protesté maman en voyant les tartelettes.

Elle repassait en regardant la télé dans la cuisine. Elle en a quand même mangé une. Ryan en a pris deux, sans se fatiguer à demander la permission. Après, il se plaint d'avoir des boutons.

Je suis montée dans ma chambre pour m'inspecter dans le miroir. C'était encore pire que ce que je craignais. J'ai vu la culotte d'équitation, le sweat-shirt, la paille dans les cheveux et le visage en sueur. Puis j'ai comparé cette image à celle de Cat. La comparaison ne jouait pas en ma faveur.

De : Gemma Smith

À : Sam Wallis

J'ai une SUPER NOUVELLE !! J'ai découvert le secret de Shona et Elaine pour rencontrer des garçons. Dans un mois et demi, il y a les jeux des Highlands[1] sur l'île ! Apparemment, comme on a beaucoup d'espace, les gens vont camper sur place tout le week-end ! Il y aura une fête sur la plage le samedi soir avec des musiciens. Et il y aura des MILLIERS de garçons ! Ils viennent pour le tir à la corde et le lancer de poids et tout ça, et ils seront tous super musclés ! Hiiiiiiiii !

CHUIS TROP PRESSÉE !!!!! Ça va être le week-end le plus GÉNIAL de toute ma vie. Mais un mois et demi, c'est super long ! Je ne vais jamais pouvoir tenir jusque-là.

De : Sam Wallis

À : Gemma Smith

C'est TROP COOL ! Au moins, ça te donne autre chose à attendre que ton prochain cours de tricot. J'avais vraiment peur que tu te jettes dans la mer. Mais je m'inquiète pour tous ces garçons musclés : ils ne savent pas ce qui les attend ! LOL.

Méfie-toi quand même, tu risques d'être tellement surexcitée en les voyant que tu pourrais leur faire peur.

Ici, ça ne s'arrange pas trop. On peut même dire que ça empire. J'ai rencontré la mère et la petite sœur d'ADMV. La petite m'a dit que je sentais mauvais, et je l'ai traitée de sale mioche. J'ai comme l'impression que sa mère ne m'aime pas trop non plus. On se demande pourquoi.

---

1. Jeux des Highlands : week-end d'événements sportifs, principalement des épreuves de force, organisés en Écosse ou ailleurs, pour promouvoir la culture écossaise.

Au fait, Lucy dit que ça n'est plus pareil sans toi. J'ai besoin que tu me dises la vérité : le sweat-shirt à la tête de cheval que je mets pour nettoyer les écuries, ça n'est pas super classe, hein ?

De : Gemma Smith
À : Sam Wallis
Tu as traité sa sœur de sale mioche ? Tu as d'autres projets pour le faire fuir ? Tu devrais peut-être te planter devant lui en rongeant une côtelette géante, pour être sûre.
Dis à Lucy qu'elle me manque aussi.
Tu lui reproches quoi, à ton sweat-shirt ??? Il a un petit côté « le cheval de Barbie s'est fait décapiter ». C'est pour ça qu'on l'aime, je te rappelle.
Tu n'apprécies plus le second degré ?

De : Sam Wallis
À : Gemma Smith
Pas sûre de pouvoir assumer ça sans toi.

SAM WALLIS
adore faire des promenades au soleil avec Muscade.

» **Gemma Smith** et **Darcie Clelland**
» **Gemma Smith** Le haras me manque, et aussi Sheila et Stan, et Lucy.
» **Sam Wallis** Toi, tu nous manques à TOUS, Gem.

5

Le dimanche, je profitais d'une grasse matinée super agréable quand j'ai été grossièrement perturbée par le bruit d'une dispute. Maman essayait de pousser Ryan à l'aider un peu à la maison, en disant: « Tu vis ici, c'est normal que tu participes. Tu n'es pas à l'hôtel. » Ryan répondait par sa rengaine habituelle: « Je n'ai pas demandé à naître, fiche-moi la paix. »

J'ai beau chercher, je ne connais personne d'aussi feignasse que Ryan. Un crapaud fainéant voleur de tartelettes et bourreau de poissons rouges.

Quand je suis descendue, maman passait l'aspirateur après que Ryan a refusé de le faire, pendant que papa lisait le journal dans son fauteuil.

Comme je disais, la maison se déglingue. Les portes des placards se détachent, la moquette et le papier peint se décollent. Les meubles de ma chambre sont à la taille d'un enfant de cinq ans: une armoire miniature en formica et une coiffeuse couverte d'autocollants des Télétubbies. Mais papa ne voit pas tout ça.

Je me suis assise en face de lui.

– Ça ne te gêne pas de laisser maman s'occuper de tout le ménage ? lui ai-je lancé.

Il a posé son journal pour regarder maman, qui passait l'aspirateur d'un air lugubre sous les coussins du canapé.

– Ça lui fait de l'exercice, a-t-il décrété. Et moi, j'ai besoin de me reposer. Je tiens un stand au marché des producteurs locaux cet après-midi. D'ailleurs, je ne serais pas contre un coup de main. Tu pourras venir m'aider, Risette ?

Papa m'appelle comme ça quand il est particulièrement de bonne humeur ou qu'il a un truc à me demander. Il me donne ce surnom depuis que je suis bébé.

– Tu rêves, ai-je répliqué. Ryan pourrait peut-être s'y mettre, pour une fois.

– Je te donne dix livres[1].

J'ai pensé au tee-shirt cool de Cat, à ses bracelets en cuir et à son foulard.

– Bon, OK.

Du coup, l'après-midi, j'ai aidé papa à installer son stand au marché. Il a un petit chapiteau en toile rayée verte et blanche, un frigo portable et une énorme table sur tréteaux. Il a aussi une grande bannière avec écrit : WALLIS ET FILS, VIANDE BIOLOGIQUE », et en dessous, « JUTEUSE ET SAVOUREUSE ! ».

---

1. Un peu plus de dix euros.

On a tout sorti de la fourgonnette et on a monté le stand.

Là-dessus, papa a sorti deux casquettes de baseball vert vif. Clairement, il les avait imaginées lui-même. Il avait fait imprimer dessus « JUTEUSE ET SAVOUREUSE ! » en énormes lettres rouges, plus une espèce de saucisse de dessin animé toute moche avec des bras et des jambes et une tête de smiley. On aurait dit que la saucisse dansait.

Je n'arrivais pas à croire que papa ait pu commander ces atrocités. Il s'était surpassé.

– Rassure-moi, tu n'espères quand même pas que je vais porter ce *truc* ?

– Mais si, on lance une nouvelle gamme. J'ai besoin que tu mettes cette casquette et que tu fasses goûter les saucisses aux gens en tenant la liste des prix. Pendant ce temps, je les ferai cuire.

– Pas question.

– Tu veux tes dix livres ou pas ?

Une demi-heure plus tard, j'avais un plateau de chipolatas avec des cure-dents piqués dedans entre les mains, et sa casquette débile avec saucisse dansante sur la tête. Je n'avais même pas besoin de les proposer aux gens ; ils faisaient la queue pour se servir dès qu'ils sentaient l'odeur de viande grillée.

– Une saucisse par personne, me suis-je retrouvée à préciser.

Papa avait un sourire jusqu'aux oreilles.

– Ça, c'est ce qu'on appelle une bonne opération marketing ! m'a-t-il lancé, enchanté.

J'étais en train de signaler à une vieille dame minuscule, mais particulièrement vorace, qu'elle avait déjà mangé deux saucisses, quand j'ai aperçu à l'autre bout de l'allée quelque chose que j'aurais donné cher pour ne pas voir : David Matthieson avec sa mère et sa sale mioche de petite sœur, qui venaient dans notre direction !

Sa mère traînait devant un stand de céréales et de fruits secs. Elle devait planifier le menu de leur prochain repas végétarien. Et moi, j'étais là, avec mon plateau de saucisses et une casquette qui proclamait « JUTEUSE ET SAVOUREUSE ». Qu'aurait-il pu m'arriver de pire ?

– Papa ! ai-je chuchoté entre mes dents.

Mais il n'entendait pas, à cause des saucisses qui grésillaient, et David et sa famille arrivaient à toute allure. Je n'aurais pas cru que des végétariens pouvaient marcher aussi vite. En désespoir de cause, j'ai enlevé ma casquette, je l'ai collée sur la tête de la vieille dame et je lui ai fourré le plateau de saucisses entre les mains.

– Aidez-moi pendant une minute. En échange, vous pouvez manger autant de saucisses que vous voulez. Allez-y, ne vous privez pas !

Elle a eu l'air un peu ébahie sur le coup, mais elle a pris le plateau et s'est immédiatement emparée de deux saucisses. Elle était tellement petite que je me suis demandé où elle pouvait bien mettre tout ça.

Je me suis éloignée du stand au galop. J'ai calculé qu'en prenant deux fois à gauche j'aboutirais près d'un stand de fruits et légumes. Mon plan était de faire semblant de regarder des salades au moment où ils passeraient, et de dire bonjour à David d'un ton désinvolte.

Dans ma précipitation, je me suis cognée à une vieille table posée sur des tréteaux. Elle croulait sous des gâteaux maison, des tartes et des puddings préparés avec amour par une association locale dont les membres étaient aussi vieux et branlants que leur table.

La catastrophe s'est déroulée au ralenti. D'abord, le pied de la table que j'ai percuté a cédé. Puis toute la table s'est inclinée.

Je l'ai rattrapée par un coin et j'ai essayé de la redresser comme j'ai pu. Tandis que je serrais les dents pour tenir bon, les génoises et les gâteaux fourrés au chocolat ont déboulé sur moi.

Une tarte au citron meringuée s'est écrasée sur ma poitrine avant de glisser vers le bas, suivie d'un gros gâteau au chocolat fourré à la confiture. Je ruisselais de meringue, de crème, de garniture au citron, de confiture et de miettes de gâteau au chocolat.

Deux dames qui tenaient le stand se sont précipitées à mon secours et, ensemble, on est parvenues à redresser la table. Quelqu'un a apporté des caisses pour la soutenir. Coup de chance, seuls deux ou trois gâteaux étaient fichus et on a pu sauver le reste.

Les vieilles dames m'ont remerciée pour mon aide en me tamponnant avec des mouchoirs, sans soupçonner que j'étais la cause du désastre. J'ai accepté leurs remerciements avec un sourire. Puis je suis repartie avec toute la dignité dont j'étais capable, en tâchant de me comporter comme si je passais ma vie à me balader couverte de meringue au citron et de gâteau au chocolat.

Évidemment, c'est là que je suis tombée nez à nez avec David Matthieson, sa mère et sa petite sœur.

Plus

– Aucun.

Moins

– Trop nombreux à énumérer.

Gemma Smith

J'y crois pas ! J'y crois pas ! C'est la pire histoire que j'aie jamais entendue. Tout ton tee-shirt était couvert de tarte au citron meringuée et de gâteau au chocolat ?

Sam Wallis

Cette sale mioche de petite sœur d'ADMV a crié : « T'as vu, maman ? C'est la fille du haras qui sent mauvais ! » Et sa mère a dit : « Viens, Jessica, ça ne nous regarde pas. » Lui, il a juste eu l'air surpris et légèrement dégoûté.

Gemma Smith

Et comment tu t'en es tirée ?

Sam Wallis

J'ai souri, comme si la situation était parfaitement normale, et je suis retournée sans traîner au stand de mon père.

Gemma Smith

Qu'est-ce qu'il a dit, ton père???

Sam Wallis

Il était furieux parce que la vieille dame avait mangé toutes ses saucisses au lieu de les distribuer. Il venait tout juste de s'apercevoir qu'elle m'avait remplacée!

Gemma Smith

Il n'a pas vu la différence entre toi et elle?

Sam Wallis

Non!!! Elle a insisté pour garder la casquette, et papa était d'accord parce que ça allait lui faire de la pub gratuite à la maison de retraite. Mais il a refusé de me donner mes dix livres parce que soi-disant j'avais déserté mon poste et sali sa fourgonnette en mettant du glaçage au chocolat plein mon siège au retour.

Gemma Smith

Mince!

J'ai passé le reste de la journée dans ma chambre à hurler «pourquoi moi?» à tue-tête, et à tchatter en ligne avec Gemma en jurant que je ne mangerais plus jamais de tarte au citron meringuée.

Je me suis réveillée le lundi matin super angoissée à l'idée de me retrouver face à David Matthieson en histoire.

La bonne nouvelle, c'est que mes cheveux se comportaient correctement.

Je priais pour que David n'ait mentionné l'incident du marché à personne. Il n'y avait pas trop de risques – il n'avait pas l'air de parler à grand monde. Il restait plutôt dans son coin.

Je l'ai vu dès que je suis entrée dans la salle de classe. Il a levé la tête et il m'a regardée en souriant. Ses yeux ont fait leur petit truc avec les plis. Je me suis sentie fondre à l'intérieur.

Je me suis assise en prenant l'air le plus naturel possible et je me suis aussitôt plongée dans mon livre d'histoire. Je l'ai ouvert à une page où on voyait quelqu'un écartelé sur un chevalet. Le type ne semblait pas aimer beaucoup ça.

– Tu as perdu ton gâteau ? m'a demandé David.

Il s'est penché vers moi, tellement près que j'ai senti l'odeur de son gel douche. Non seulement il était génial, mais son odeur aussi était géniale.

– Ouais, ai-je marmonné sans lever les yeux du type sur le chevalet.

J'ai senti que j'adoptais ma couleur écarlate habituelle, et j'ai pensé tout à coup qu'il devait croire que c'était mon teint naturel. J'ai baissé la tête, en essayant d'avoir l'air fascinée par les tortures moyenâgeuses.

– Dommage, a-t-il repris. Je trouvais ça sympa, le côté tee-shirt comestible. Très Lady Gaga.

J'ai levé les yeux pour le regarder et BAM! ça me l'a

refait, le coup d'avoir l'impression d'être la seule personne sur terre. Le temps qui s'arrête. L'effet d'un gros coup de vent. Des centaines de gerbilles faisant des claquettes dans mon ventre. Ce genre de truc. Après ce qui a dû durer quelques secondes (mais qui m'a paru être une éternité), j'ai vu que ses lèvres bougeaient.

– Pardon ? ai-je articulé.

– Je disais, tu connais Cat, non ? a-t-il répété en me regardant attentivement.

En un clin d'œil, je suis retombée sur terre en atterrissant brutalement sur ma chaise. Pourquoi est-ce qu'il me parlait d'elle ? Oh non… Ça crevait les yeux. Ça se passe toujours comme ça à la télé, quand une fille a une copine plus belle qu'elle. J'aurais dû m'y attendre.

Heureusement, à ce moment-là, Donovan le Terrible a commencé à faire cours, et je me suis dépêchée de me replonger dans mon livre. L'heure a passé à toute vitesse. J'étais méga soulagée que Donovan ne me bombarde pas de ses questions éclairs, parce que je ne crois pas que j'aurais été capable de donner une seule réponse sensée. Ce qui ne change pas beaucoup de d'habitude, pour être honnête. Dès que la sonnerie a retenti, je me suis enfuie en bousculant tout le monde ; ils ont dû croire que j'étais très pressée d'aller aux toilettes.

Pourquoi, alors qu'il me plaît autant, suis-je toujours aussi pressée de m'éloigner de David ? Je voudrais pouvoir lui parler normalement, mais je n'ai aucune envie de l'entendre m'expliquer combien il trouve Cat super. Ce qui est forcément le cas… vu que tous les autres garçons craquent pour elle.

À midi, Taylor n'est pas venu déjeuner avec nous et je me suis retrouvée seule avec Cat.

– Il s'intéressait à quel genre de fille, David Matthieson, à Bredborough ? l'ai-je questionné.

– Je ne sais pas trop, a dit Cat en fronçant les sourcils. Il était assez proche d'une fille, mais, à vrai dire, c'était surtout elle qui était proche de lui. Elle ne parlait pas beaucoup, je ne saurais pas quoi dire sur elle.

– Il ne t'a jamais proposé de sortir avec lui ?

Elle a d'abord eu l'air étonnée, et puis elle a ri.

– Jamais de la vie. Ça aurait été trop bizarre ! On est amis !

J'étais rassurée que l'idée lui paraisse absurde. Ça voulait dire qu'elle n'y avait jamais pensé. Mais pas forcément qu'il n'y avait pas pensé, lui.

– Je me demande si je ne devrais pas changer de style, ai-je déclaré d'un ton détaché. J'aimerais bien avoir l'air… plus mûre.

Cat m'a observée d'un air évaluateur.

– Tu veux dire que tu voudrais avoir un look moins « décontracté » ?

J'ai été soulagée qu'elle ait l'air de comprendre où je voulais en venir.

– C'est ça, je voudrais qu'on me prenne plus au sérieux.

– Alors on a qu'à aller faire du shopping, m'a-t-elle proposé.

– Ce serait génial !

Je n'ai pas pu m'empêcher de sourire. Quelqu'un avec qui aller faire du shopping, comme du temps de Gem !

Puis j'ai eu une idée.

– Maman m'emmène faire les boutiques en nocturne à Londres en fin de semaine, ai-je dit. Tu veux venir ? Ta mère pourrait nous accompagner !

– Trop COOL ! m'a-t-elle répondu.

À ce moment-là, on a été dérangées par Tania Hamilton, qui s'est crue obligée de s'arrêter à notre table avec Angela Murray dans son sillage.

– Salut, les loseuses.

– Nous aussi, on est contentes de te voir, ai-je répliqué.

– Il paraît que c'est toi, la nouvelle chanteuse de Mister Bleaney, a lancé Tania à Cat, en la toisant des pieds à la tête avec son air sarcastique habituel.

– Ouais, a confirmé Cat.

– Qu'est-ce qui leur a pris ? a repris Tania. Leur chanteur était très bien ; quel besoin ils ont eu de prendre une fille ?

Elles sont reparties, laissant Cat déstabilisée.

– Ne t'occupe pas d'elle, lui ai-je conseillé. Elle est comme ça avec tout le monde. C'est de la pure jalousie.

– OK, m'a répondu Cat.

Mais elle paraissait perturbée. Sa réaction m'a étonnée. Je ne me serais pas attendue à ce qu'elle se laisse démonter comme ça. Pour moi, Cat était tellement sûre d'elle que les gens comme Tania ne pouvaient pas l'atteindre.

–Tu veux qu'on traîne un peu en ville après les cours ? lui ai-je proposé. On pourrait aller boire un café.

Ça m'embêtait de la laisser rentrer chez elle toute tourneboulée.

– Ce serait sympa, mais aujourd'hui je n'ai pas le temps. Je répète avec le groupe. Demain ?

– OK. Et franchement, fais comme moi, ignore Tania.

Sur le chemin de la maison, j'étais tellement excitée d'aller faire du shopping avec Cat que j'ai claqué presque tout mon argent de poche en magazines de mode. Je me suis dit que, si je voulais avoir le bon style, quelques recherches s'imposaient. Comme les magazines intéressaient maman autant que moi, on a fini par les feuilleter ensemble sur la table de la cuisine.

– Je crois que je devrais changer de look, m'a annoncé maman.

J'ai trouvé ça étrange. Moi, je voulais un nouveau style pour attirer l'attention de David Matthieson, et elle tenait le même raisonnement... dans l'espoir d'attirer celle de papa. Je me suis demandé ce que ça donnerait, pour elle comme pour moi.

Ensuite, j'ai reçu un message de Gem.

De : Gemma Smith

À : Sam Wallis

J'espère que ça n'a pas été trop dur de voir ADTV aujourd'hui en cours. Je n'avais pas rigolé autant depuis que je suis partie. Je ne connais personne d'autre au monde à qui il arrive des trucs pareils. Tu me manques trop. Tu devrais peut-être lâcher un peu David Matthieson, le temps qu'il oublie

l'incident du gâteau et ton léger problème de pets. Concentre-toi plutôt sur l'art de porter tes sweat-shirts au second degré.

Bisous.

Gem

Alors que je prévoyais de changer mon look dans l'espoir d'éveiller l'intérêt de David, Gemma avait l'air de penser que c'était cuit. J'ai prié pour qu'elle se trompe. Impossible d'oublier comment il m'avait souri en me comparant à Lady Gaga. C'était plutôt encourageant, non ? Mais bon, il m'avait aussi parlé de Cat.

Je suis allée me coucher avec mes magazines, et je suis restée éveillée bien trop tard, à les feuilleter. Sur les photos, les mannequins en mettaient plein la vue sans faire le moindre effort, dans des vêtements dans lesquels je ne m'imaginais pas une seconde. À croire qu'on ne vivait pas sur la même planète. Je ne pense pas qu'elles se seraient senties très à l'aise en nettoyant des écuries. Les gros titres étaient super convaincants : « Laissez vos vêtements parler pour vous ! » « Soyez stupéfiante ! » Et mon préféré : « Assumez la diva qui est en vous. »

Ça m'a fait réfléchir. Si mes vêtements parlent pour moi, ils disent quoi ? « Indécrottable sac à patates », à tous les coups.

C'est horrible comme Gem me manque. Mais je ne vais pas suivre son conseil de porter mon sweat-shirt second degré toute seule. Le second degré, c'est avec Gemma ou pas du tout.

C'est décidé, je vais me bouger. L'heure est venue pour la nouvelle Sam. Une Sam un peu stylée, qui n'a pas froid aux yeux – c'est une expression qui me plaît bien. Je veux assumer la diva qui est en moi, et être le genre de fille avec qui David serait fier de sortir, pas une loseuse en jean et en sweat-shirt couverte de gâteau.

SAM WALLIS
a passé un week-end cool.

» **Penny Griffiths**

» **Gemma Smith** a entendu dire que tu avais fait une orgie de gâteaux.

» **Tania Hamilton** Un week-end cool, pour toi, ça veut dire te bâfrer de gâteaux ? Tu me fais trop de peine !

6

Comme je m'en doutais, avoir une amie super belle, ça n'est pas simple.

Plus

- La grande beauté de mon amie attire les garçons comme des mouches.
- Je ne risque pas d'avoir assez la grosse tête pour pouvoir mettre le bonnet géant que Gem me tricote.

Moins

- Les garçons qui nous tournent autour comme des mouches sont souvent des garçons comme Taylor Griffen.
- Si j'étais invisible, ce serait pareil.
- Les garçons commencent à me poser des tas de questions sur Cat, ça devient énervant.

– Elle est où, Cat ? m'a demandé Taylor mardi à la cantine avant même de s'asseoir.

– Moi aussi, je suis ravie de te voir, ai-je répondu.

C'est un des grands dangers d'avoir une amie superbe, et c'était difficile de ne pas le remarquer : ses innombrables admirateurs vous considèrent uniquement comme une source d'information. Il n'y a pas que David qui m'a parlé de Cat. En moins de huit jours, plusieurs garçons qui ne m'avaient jamais adressé la parole ont entamé des conversations avec moi en me questionnant sur elle d'un air détaché.

En fait, j'étais aussi déçue que Taylor par l'absence de Cat. Je voulais lui proposer de passer feuilleter les magazines de mode chez moi. J'espérais qu'elle me donnerait quelques conseils avant notre virée shopping. Je voulais aussi lui montrer Craspouille dans sa tenue de cow-boy, avec éperons miniatures et tout. Il était superbe, là-dedans.

Taylor a entrepris de me raconter – en renonçant aux formules moyenâgeuses, ouf – que, pendant le week-end, sa mère l'avait emmené à Londres passer une audition pour une pub télé.

– Ils cherchent le nouveau visage des boules de maïs soufflé Puffy-Wheats ! m'a-t-il expliqué avec enthousiasme. Si je suis pris, je vais devenir célèbre !

Cat est arrivée peu après. Je l'ai su avant de la voir, à cause des garçons de la table d'à côté, surtout un, qui a raté sa bouche avec sa canette de Coca et qui a tout renversé sur son tee-shirt.

Taylor a fait un grand numéro à Cat sur son audition pour Puffy-Wheats. À croire qu'il avait passé des essais pour le prochain *Harry Potter*. Elle s'est montrée intéressée et admirative, et je le voyais quasiment enfler d'orgueil. Un peu plus et il n'aurait même plus besoin de déguisement pour ressembler à une boule de maïs soufflé.

En sortant du self, Cat s'est tournée vers moi.

– Je me demandais si tu voulais venir chez moi après les cours. Je pourrais te présenter le groupe.

Incroyable : elle me proposait de rencontrer les membres de Mister Bleaney ! Officiellement !

– Ouah, trop cool ! ai-je bredouillé.

C'était dingue. Sauf que je n'avais rien à me mettre.

Après les cours, j'ai foncé chez moi pour vider les étagères et les tiroirs de mon armoire et de ma commode miniatures. Évidemment, je n'avais pas un seul vêtement mettable pour rencontrer un group de rock. Rien de noir ni de violet.

Je devais avoir cinq jeans, tous vieux et bleus. Ensuite, il y avait mes tee-shirts et sweat-shirts censés être second degré, dont : mon sweat-shirt avec tête de cheval, un avec une photo de trois chatons super craquants, un avec « Funky » écrit en paillettes argentées, un tee-shirt avec la Madame Bonheur des *Monsieur Madame* et un autre avec un smiley jaune vif géant.

En étalant tous mes vêtements sur mon lit, j'ai dégagé la tendance : couleurs vives, images ou slogans ringards, beaucoup de rose. Ça ne m'avait jamais posé des problèmes, c'étaient juste des tee-shirts et des sweat-shirts faciles à porter, qui me mettaient de bonne humeur. Et voilà que tout à coup, c'était devenu une énorme pile de chiffons honteux couleur arc-en-ciel.

J'ai sélectionné le jean le plus foncé et l'un des rares tee-shirts unis que je possédais. Manque de bol, il était rose fuchsia (bien sûr), mais je ne pouvais pas y changer grand-chose. Même si j'avais eu assez d'argent (ce qui n'était pas le cas), je n'avais plus le temps d'aller en acheter un autre.

J'ai passé des heures à me coiffer, en espérant que si je m'en tirais bien de ce côté-là, ça ferait un peu oublier le reste. Mais je restais quand même super… blonde. Les cheveux plus le tee-shirt rose, ça faisait cent pour cent Barbie.

En me regardant dans le miroir, je n'ai pas réussi à trouver un seul truc qui me plaisait. Mais, malgré ce constat déprimant, l'invitation de Cat n'était pas du genre qu'on peut refuser.

Comme la maison de la grand-mère de Cat – qui était maintenant la sienne et celle de sa mère – se trouvait à l'autre bout de la ville, j'ai pris mon vélo. Une fois arrivée, je me suis souvenue que j'étais déjà venue quand j'étais petite. Je me rappelais la porte rouge et les pots de plantes grimpantes sur les marches.

Cat est venue m'ouvrir, vêtue d'un legging noir et d'un long tee-shirt violet. Elle portait de grandes créoles et s'était attaché les cheveux avec son foulard noir tissé de fils argentés.

– C'est cool que tu aies pu venir, m'a-t-elle dit. On est dans la cabane au fond du jardin. J'étais juste venue chercher à boire.

Elle a brandi la grande bouteille de Coca qu'elle tenait à la main.

Je l'ai suivie dans le couloir. Les meubles démodés de sa grand-mère se mélangeaient avec les tableaux de sa mère, des paysages bizarres avec des montagnes rouges et des lunes jaunes, peuplés de silhouettes étranges qui avaient l'air à moitié humaines, à moitié animales.

Ce n'était pas le genre de tableaux que mes parents auraient accrochés chez nous ; c'était trop abstrait et bien trop bizarre. Mais j'aimais bien, ça changeait de tout ce que j'avais pu voir. La maison ressemblait à une boutique d'antiquités, bourrée d'œuvres d'art, de bibelots et d'objets de déco.

– Ma grand-mère aimait bien collectionner des trucs, a dit Cat avec un sourire un peu triste.

– Ta mère est là ? lui ai-je demandé.

– Oui, elle peint au grenier. Elle perd la notion du temps quand elle travaille. Des fois, elle oublie même de manger. C'est comme si j'avais la maison pour moi toute seule.

– Ça doit être super d'être aussi libre ! me suis-je exclamée.

Cat a haussé les épaules.

– Ouais, j'imagine.

Elle n'avait pas l'air plus enthousiaste que ça.

On a traversé une cuisine en fouillis et un petit jardin, et on est entrées dans la grande cabane où le groupe répétait.

Ils étaient en train de travailler sur un arrangement pour accompagner un solo de guitare, joué par un garçon rachitique avec un jean noir ultra skinny. Ses jambes étaient tellement maigres qu'on aurait dit des allumettes. Il avait les cheveux teints en noir, avec une frange qui lui couvrait les yeux. Du coup, c'était encore plus incroyable qu'il soit aussi bon à la guitare, parce qu'il ne devait rien voir de ce qu'il faisait. Avec son teint tout pâle, il ressemblait un peu à un vampire.

Je suis restée plantée là, la bouche ouverte, pendant qu'il produisait tous ces sons incroyables sans le moindre effort. Au lieu de se servir d'un médiator, il jouait directement avec ses ongles, qu'il avait laissés pousser à la main droite. Il avait mis du vernis noir et j'ai trouvé ça génial. Je me suis dit que j'aimerais bien avoir les ongles aussi longs, mais je me suis demandé ce qu'en penserait Sheila. Les ongles longs et le fumier de cheval, ça ne va pas très bien ensemble.

Le batteur avait un tee-shirt rayé rouge et bleu et un jean noir délavé, et ses cheveux étaient encore plus spectaculaires que ceux du guitariste. Ils étaient roux super vif avec des piques partout. Il m'a regardée et il m'a fait un grand sourire. Comme en plus de ça, il avait un petit air malicieux, je l'ai tout de suite trouvé sympa. Il faisait moins style emo que les autres ; on aurait dit qu'il était passé par là par hasard et que, comme il était bon à la batterie, il était resté.

Enfin, il y avait le bassiste, un géant – largement plus

d'un mètre quatre-vingts – avec de longs cheveux noirs et des mèches violettes, et l'air toujours en rogne. Les deux autres étaient mignons, mais lui, il était terrifiant. Il devait être plus vieux que les autres – au moins dix-huit ans. Il avait un scorpion tatoué dans le cou, et aussi un lézard sur le bras.

– Le batteur, c'est JJ, m'a annoncé Cat en versant du Coca dans cinq mugs. Méfie-toi, il change de copines toutes les semaines ; c'est un vrai séducteur. Celui qui joue le solo, c'est Dan. Tu as vu ? C'est une bête à la guitare ! Le mec à la basse, c'est Niv. Il n'est pas aussi méchant qu'il en a l'air, et je sais que c'est dur à croire… mais c'est un timide.

Je me suis assise sur une caisse pour les observer pendant qu'ils répétaient. À la fin de la chanson, ils se sont levés pour venir boire leur Coca.

– Je vous présente mon amie Sam, leur a dit Cat.

Dan m'a fait un signe de tête accompagné d'un demi-sourire. Le bassiste géant a grogné sans croiser mon regard. Je ne savais plus où me mettre, et je me suis sentie devenir aussi rose que mon tee-shirt.

– Ravi de te rencontrer, Sam, m'a dit JJ.

Il a fixé toute son attention sur moi, comme si j'étais seule dans la pièce. Un vrai séducteur, effectivement.

À la reprise de la répétition, Cat s'est mise à chanter. Et là, j'ai eu la preuve qu'ils l'avaient prise pour sa voix et pas pour son physique. Ils ont joué un morceau qui s'appelle *Looking for You*. C'est une chanson qui parle de la quête de l'âme sœur qui n'aboutit jamais.

Après leur départ, en discutant avec Cat devant une tasse de thé, j'ai appris que c'était principalement Dan qui écrivait et composait.

– Bon, les autres proposent parfois des textes, et exceptionnellement de la musique aussi, a précisé Cat.

– Ma préférée, c'est *Looking for You*, ai-je avoué. C'est trop triste, cette histoire de quelqu'un qui cherche la bonne personne sans jamais la trouver…

– C'est juste une chanson, a observé Cat, pas la réalité ! Tu es une incorrigible romantique, toi !

– Tu peux parler ! ai-je répliqué. Ça n'est pas toi qui inventais toujours des histoires où tu te mariais avec ton éléphant en peluche ? Ha !

On a éclaté de rire toutes les deux.

– OK, un point pour toi, a admis Cat.

– Dis, pour une fois que Taylor n'est pas dans les parages, je voulais te demander… Sincèrement, tu crois que j'ai une chance avec David Matthieson ? Je ne sais même pas si je lui plais. C'est débile, comme idée ?

– Accroche-toi, m'a-t-elle conseillé. Si David te plaît, sois vraiment sympa avec lui. Ensuite, ça pourra peut-être évoluer vers autre chose. Ou pas. Essaie juste d'y aller cool. En étant toi-même.

Je me suis dit qu'elle avait raison. Au moins, elle pensait que j'avais peut-être une chance. Je ne me faisais pas entièrement des illusions.

– Tu me promets qu'il n'y a pas un truc bizarre chez lui,

une raison qui devrait me faire changer d'avis ? ai-je demandé.

– Juré ! m'a-t-elle répondu en riant. Il est parfaitement normal !

À ce moment-là, la mère de Cat est arrivée. Elle avait incroyablement changé. Quand j'étais petite, c'était une jolie femme, petite et menue. Je me rappelais qu'elle avait de longs cheveux blonds ondulés et des joues roses.

Depuis, elle avait maigri, ce qui lui donnait l'air d'être encore plus petite. Elle avait les cheveux coupés court, à la garçonne. Ça lui allait bien et ça agrandissait ses immenses yeux bleus.

Elle avait toujours été jolie, mais là, je me suis rendu compte que, comme Cat, elle était carrément belle.

– Sam ! s'est-elle exclamée en me serrant contre elle. Ce que tu as grandi ! Ça me fait vraiment plaisir de te revoir !

Je lui ai posé des questions sur sa peinture.

– Ça prend forme, m'a-t-elle répondu. J'ai quelques commandes. Il était temps, d'ailleurs. C'est gentil de t'y intéresser.

Elle m'a demandé des nouvelles de mes parents, et j'ai dit que maman était toujours infirmière, et papa toujours boucher. On lui a parlé de la virée shopping à Londres et elle a répondu qu'elle adorerait venir avec nous.

Cat et sa mère avaient l'air de bien s'entendre, mais je sentais comme une légère tension entre elles. Je ne retrouvais pas le côté détendu qu'il y a dans ma relation avec maman.

– Ça a été, pendant la répétition ? m'a demandé Cat avant que je parte. Tu ne t'es pas trop ennuyée ?

– C'était du délire ! Un jour, vous serez célèbres !

Cat a rigolé.

– Ouais, nous et les millions d'autres groupes qui jouent dans des cabanes de jardin !

SAM WALLIS
aime Mister Bleaney.

» **Hannah Kermack** C'est qui, Mister Bleaney ?
» **Tania Hamilton** C'est un groupe. Il faut sortir, des fois.
» **Sam Wallis** Je les ai vus jouer, ils déchirent.
» **Gemma Smith** Moi, hier, j'ai vu un mouton qui vomissait.

7

Sam Wallis
Quoi de neuf ?

Gemma Smith
J'ai vu un autre mouton qui vomissait. Je tricote en comptant les jours jusqu'aux jeux des Highlands. L'autre fois, je me suis bien marrée à une soirée chez Elaine. Presque toute l'île était là et les gens ont chanté. Interdiction de te moquer de moi !!! Je te jure, je me suis vraiment bien amusée. Il y en a qui ont joué de la musique et même quelques-uns qui ont récité des poèmes.

Sam Wallis
Ça ressemble à mon pire cauchemar. Tu es sûre que ça va, toi ? Tu n'aurais pas subi un lavage de cerveau, par hasard ?

Gemma Smith
Ha ha. Je te jure que c'était cool.

Sam Wallis

Tu as commencé à commander des tas de fringues-aimants à garçons sur le Net, ou tu comptes sur tes talents de tricoteuse ?

Gemma Smith

On va peut-être bientôt aller faire du shopping sur le continent.

Sam Wallis

J'y vais ce soir avec maman, Cat et sa mère. Fini, ma période sweat-shirts second degré !

Gemma Smith

T'es sérieuse ? Pourquoi changer une formule qui gagne ? Et c'est MOI, celle avec qui tu fais du shopping, normalement. Pas Cat !!! Je suffoque de jalousie, là...

Sam Wallis

T'es pas là, je te rappelle. En plus, tu es bien trop occupée à tricoter et à chanter (ha ha) avec TES nouvelles BFF. Donc, tu n'as rien à dire. J'ai décidé de devenir muchissimo sophistiquée et branchée pour les raisons suivantes :

1) Pour que, la prochaine fois que j'ai rencard avec un groupe de rock, je n'aie pas à me ridiculiser en ressemblant à un Bisounours.

2) Je suis la seule fille de quatrième qui a encore l'air de porter un uniforme.

3) Je veux qu'ADMV me voie autrement, pas comme une bonne copine potentielle mais comme une amoureuse potentielle. Ça aura plus de

chances d'arriver si je ressemble moins à une daltonienne de huit ans. D'ailleurs j'y pense, c'est TOI qui m'as poussée à acheter le sweat-shirt à la tête de cheval !!!! Tu as une influence néfaste sur moi. Que dis-je, satanique !

Gemma Smith

Eh bien je te remercie. C'est quoi, ça, « la prochaine fois que j'ai rencard avec un groupe de rock » ? Tu parles de Mister Bleaney ? Tu les as déjà rencontrés ?

Sam Wallis

Ouaip !!!! Ils répètent chez Cat.

Gemma Smith

Murf. Il n'y en a plus que pour elle, on dirait : et « Cat » par-ci, et « Cat » par-là... Au fait, comment va ta mère ?

Sam Wallis

Pas terrible. Toujours stressée. Elle n'a pas retrouvé son sourire de d'habitude. Elle vient de changer de coupe et de couleur de cheveux (elle est passée de mi-long châtain terne à carré court blond), ça lui va super bien. Mais papa n'a RIEN vu. Je te jure !!! Ce qui, d'après elle, prouve qu'il ne la regarde plus depuis des années. Entre ça et le faux-filet pour leur anniversaire de mariage, il n'a pas trop la cote avec elle... À vrai dire, ils se sont disputés plusieurs fois, et ce n'est pas du tout leur genre. Je crois que c'est pour ça que maman a décidé d'aller se ruiner en vêtements ce soir. Elle doit espérer qu'il finira par s'intéresser à elle.

Gemma Smith

Salue-la pour moi. Amuse-toi bien, et bon courage pour le relooking. Il y a du boulot ! LOL. Et rappelle-toi que tu n'as rien d'une fille ordinaire.

Sam Wallis

Tu me manques !

Après avoir bavardé avec Gemma, je suis partie à Londres avec ma mère, Cat et la mère de Cat.

On s'est retrouvées à la gare, et nos mères se sont fait un énorme câlin, avant de caqueter pendant tout le trajet. C'était chouette de voir maman aussi joyeuse, plongée avec Eileen dans leurs souvenirs de nous petites. Évidemment, elles n'ont pas pu s'empêcher de ressortir les anecdotes les plus embarrassantes, comme l'été où on courait toutes les deux toutes nues dans le jardin.

J'étais soufflée par l'allure de maman avec sa nouvelle coiffure. En teignant ses cheveux ternes et grisonnants, elle a rajeuni de plusieurs années ; elle est vraiment belle.

Bien sûr, dès qu'on est arrivées à Oxford Street, avec ses centaines de boutiques, les filles et les mères sont parties dans des directions opposées. J'avais un peu d'argent sur moi, déniché dans diverses boîtes et tirelires de ma chambre. J'avais tout fourré dans mon sac et je le serrais contre moi. Je n'avais pas envie de me faire piquer mon précieux trésor.

Maintenant, préparez-vous à avoir un choc… Maman m'a glissé discrètement six, oui, SIX billets de dix livres avant de disparaître. Je n'en suis pas revenue; elle qui est fermement convaincue des vertus de gagner son argent soi-même, ce n'était vraiment pas dans ses habitudes. Je me suis demandé quelle mouche l'avait piquée.

Cat n'a pas la même approche du shopping que Gemma. Avec Gem, on passait la moitié de notre temps pliées de rire à se proposer des vêtements qui n'étaient pas du tout notre style. Tandis qu'avec Cat c'était du sérieux. Chaque décision était d'une importance capitale, ce qui ne laissait pas beaucoup de temps pour rigoler. Je ne veux pas dire que ça n'était pas sympa; juste qu'on avait visiblement une sorte de mission à remplir.

On a décidé de me trouver des accessoires et des vêtements plus sombres que mes trucs colorés habituels. J'ai commencé par choisir un bracelet noir en cuir tressé, parce que ça semble être la dernière mode à Londres. En regardant autour de moi, je me suis fait l'effet d'être une plouc. J'étais sûre que, rien qu'en voyant mes fringues, on pouvait deviner que j'habitais en province. Cat, elle, était totalement dans son élément: super lookée avec sa petite veste noire, son tee-shirt bordeaux, son jean bien coupé et ses bijoux branchés.

En plus, je croisais plein de filles de mon âge qui, comme Cat, semblaient sortir tout droit des pages d'un magazine. J'ai commencé à faire un complexe, ce qui ne m'était jamais vraiment arrivé.

Coachée par Cat, j'ai choisi trois gros collants noirs, une jupe courte noire et un jean skinny, noir évidemment.

On s'est dit que ça constituerait une bonne base pour mon nouveau look.

Ensuite, j'ai pris un short vert foncé, à porter avec les collants. Et pour aller avec, un haut gris vraiment pas cher, à manches longues avec un motif argenté. Au moins maintenant, quand j'irai à des fêtes, j'aurai vaguement l'air d'être au courant de la mode, et plus complètement à la ramasse.

Ensuite on a touché le jackpot : on est tombées sur une boutique qui ne vendait que du noir et du violet à des prix super intéressants ! J'ai acheté deux tee-shirts noirs et un violet. Et aussi un grand foulard noir brodé de fils brillants violets, et un violet avec du fil argenté. Cat s'est aussi trouvé quelques trucs, dont une petite robe noire pas chère, mais qui, sur elle, avait l'air d'être hors de prix.

Pendant la dernière demi-heure avant la fermeture, j'ai acheté du vernis à ongles noir, de l'ombre à paupières violette et de l'eye-liner noir. À la fin, je portais trois sacs et j'avais l'impression d'avoir fait la plus grosse razzia de toute ma vie. Et tout ce que j'avais choisi était vert, gris, noir ou violet.

– Tu as des trucs vraiment super, m'a assuré Cat d'un ton approbateur. David va être scotché !

Mais mon shopping n'était rien comparé à celui de maman. Nos mères nous attendaient devant le métro où on s'était donné rendez-vous. Celle de Cat portait un paquet et la mienne souriait béatement, entourée d'un cercle d'au moins sept sacs géants. J'ai compris pourquoi elle m'avait donné tout cet argent: c'était pour se donner bonne conscience – elle savait qu'elle allait dépenser une fortune ! Je parie que la mère de Cat l'avait encouragée du début jusqu'à la fin. C'est le danger quand on fait du shopping avec une amie.

– Enfin, maman, c'est de la *folie !* lui ai-je dit dans le train, tandis qu'elle sortait ses achats les uns après les autres pour nous les montrer.

J'avoue qu'avec l'aide de la mère de Cat elle avait choisi des trucs très chouettes, qui devraient bien lui aller et mettre sa silhouette en valeur.

– Et je vais m'acheter des lentilles, a-t-elle décrété. J'en ai marre de mes lunettes. La nouvelle Moi est arrivée !

– Tu as bien raison, a approuvé la mère de Cat. Fais-toi plaisir ! Tu le mérites !

Je me suis demandé si elle avait une bonne influence sur maman. Quand on est enfin rentrées à la maison, j'ai cru que papa allait s'évanouir devant tous ces sacs. Heureusement qu'il était assis.

– Nom de Dieu, Julie ! En quel honneur tu t'es acheté tout ça ?

– C'est mon cadeau de vingtième anniversaire de mariage, que je m'offre à moi-même, lui a-t-elle répliqué. Mais ne t'inquiète pas, ça a coûté beaucoup moins cher qu'un voyage à Paris ou à Venise. Du coup, il me reste largement de quoi dépenser !

Là-dessus, elle est passée devant lui en coup de vent et elle est montée dans leur chambre, sans doute pour aller essayer toutes ses fringues et se pavaner devant la glace – exactement comme moi.

Ça me changeait à mort ! Incroyable, je faisais trois ans de plus sans mes affaires de bébé roses et bleues. Je me suis entraînée à prendre une pose décontractée dans mon jean skinny et mon tee-shirt noirs. Avec ma jupe noire, des collants noirs et mon foulard violet, j'ai découvert que je pouvais m'habiller autrement qu'en jean ! J'ai décrété que mon style d'avant était « immature et garçon manqué ». Désormais, j'allais être « classe, féminine, sophistiquée et branchée ». David Matthieson serait bien obligé de me remarquer. ET j'allais pouvoir me balader avec Cat sans avoir la honte.

En revanche, j'hésitais sur le maquillage. J'ai préféré faire un test avant de me lancer dans le monde. L'eye-liner se voyait trop. Je n'étais pas sûre de l'avoir appliqué comme il fallait. En allant chercher du démaquillant dans la salle de bains, je suis tombée sur Ryan qui sortait de sa chambre, certainement pour un de ses raids sur le frigo. Il était en pleine crise de folie guitaristique ; je l'ai vu à ses yeux de dingue et à la façon dont ses cheveux se dressaient droit sur sa tête.

– Hou là, a-t-il grogné. T'as l'air trop bizarre.

Il n'avait pas dit autant de mots depuis des mois.

– Merci, ai-je répondu.

S'entendre dire ça par un crapaud aux cheveux dressés sur la tête, il y a vraiment de quoi rire.

Gemma Smith

Alors, ce shopping ?

Sam Wallis

Génial. J'ai toute une nouvelle garde-robe pour la nouvelle moi !

Gemma Smith

Envoie des photos, et tout de suite.

Sam Wallis

Promis.

Le lendemain, je me suis pointée au collège avec ma chemise d'uniforme classique, mais avec ma nouvelle jupe courte noire et mes gros collants noirs. J'avais mis un trait d'eye-liner tout fin, sans en faire trop ; j'avais préféré ne pas prendre de risques. Je porte du mascara depuis super longtemps (à cause de mes cils blonds), mais l'eye-liner, c'est le cran au-dessus et je ne savais pas trop si ça m'allait.

Taylor a poussé un long sifflement admiratif en me voyant dans le couloir, et deux autres garçons se sont retournés alors qu'ils n'avaient jamais fait attention à moi. À la fin de la matinée, j'étais plutôt fière de mon coup.

– Salut, la belle ! m'a lancé Cat, qui a paru satisfaite du résultat de son coaching.

– Ça va, ma tenue ? lui ai-je demandé. Et l'eye-liner, c'est bon ?

– Super, m'a-t-elle rassurée.

Quand l'heure du cours d'anglais est arrivée, j'étais sûre de produire mon petit effet sur David. L'ennui, c'est qu'il n'a pas eu l'air de remarquer le moindre changement. Il m'a juste dit : « Salut, Sam » quand je suis passée à côté de lui.

J'étais déçue. Mais ensuite, quand je me suis retournée, il m'a souri. Whoosh ! L'effet « coup de vent » était toujours là. De mon côté, en tout cas.

Vers la fin du cours, Tania Hamilton a lancé bien fort plusieurs blagues de panda sur mon eye-liner, et en vérifiant ensuite dans les toilettes, j'ai constaté qu'elle avait raison.

En me frottant les yeux, j'avais fait couler mon eye-liner et créé un effet légèrement panda. Pas étonnant que David n'ait pas paru hypnotisé par mon nouveau look ! Il avait dû se demander pourquoi j'avais deux yeux au beurre noir.

Ma nouvelle confiance en moi a éclaté comme une bulle et je me suis sentie toute raplapla et ronchon jusqu'au soir.

Je n'ai même pas eu le courage d'envoyer un message à Gemma en rentrant. J'ai préféré habiller Craspouille avec son costume de clown, parce que ça me remonte toujours le moral. J'aime trop voir sa petite tête indignée. Le soir, comme j'avais décidé de changer la photo de mon profil, j'ai persuadé ma pauvre maman de prendre au moins cinquante photos de moi dans mes nouvelles tenues.

– Je ne suis pas sûre que le noir soit *ta* couleur, a-t-elle observé sans aucune compassion. Et tu as vraiment besoin de mettre de l'eye-liner ? Ça te rétrécit les yeux, non ?

– Maman, qu'est-ce que tu y connais, franchement ?

Le samedi matin, j'ai remis mes vieux vêtements pour aller au haras. Je ne tenais pas à abîmer les neufs. Donc, retour au sweat-shirt à tête de cheval. En arrivant, j'ai été étonnée de voir que c'était Stan, le mari de Sheila, qui donnait les cours d'équitation. Sheila était dans sa cuisine, une jambe dans le plâtre. Elle trônait dans un fauteuil, le pied calé sur un coussin, un énorme mug rempli de thé à la main. Elle m'a expliqué qu'elle s'était fracturé la cheville en tombant de son tracteur.

– Je vais avoir besoin que tu m'aides beaucoup plus que d'habitude, a-t-elle conclu. Si tu peux, ça m'arrangerait que tu viennes aussi un peu en semaine tant que je serai plâtrée.

J'ai promis d'essayer, mais ça m'a démoralisée. Depuis le départ de Gemma, la charge de travail s'était déjà alourdie, et maintenant que Sheila était hors circuit, ça allait être encore plus dur. Mais je ne pouvais pas la laisser tomber.

Après une session marathon de nettoyage des écuries et un petit tour sur Muscade, j'étais en retard pour mon cours avec Lucy. Elle m'attendait dans son fauteuil roulant près du paddock, en jouant au Scrabble sur son portable.

– Tu as l'air fatiguée, a-t-elle remarqué.

– J'ai eu le double de boulot aujourd'hui à cause de la cheville de Sheila. Stan a dû se charger des cours.

Ça a fait rire Lucy, parce qu'elle sait comment il est. Stan est quelqu'un d'assez taciturne, alors il ne donne presque pas d'instructions aux gamins, qui restent plantés là sans savoir quoi faire.

– Une vraie catastrophe ! ai-je poursuivi. Sheila a fini par débarquer en sautillant sur une jambe et elle a dû crier les consignes, appuyée sur la barrière. Le pauvre, il ne sait vraiment pas s'y prendre.

Le cours de Lucy s'est bien passé, et ma fatigue s'est envolée quand j'ai vu le plaisir qu'elle y prenait. J'ai fini par lui parler de David, et de Cat, et de notre récente virée shopping.

Alors que je l'aidais à descendre de cheval, elle m'a regardée en plissant les yeux.

– Tu as mis de l'eye-liner ?

– Oui, ai-je admis. Mais il est parti.

Elle m'a fixée.

– Je – ne sais pas si ça t'avantage.

Franchement, qu'est-ce qu'ils avaient tous à croire qu'ils avaient le droit de commenter mon style ? D'abord maman, et maintenant Lucy.

– Bah, j'ai voulu essayer un nouveau look, ai-je répondu, sur la défensive.

Lucy a fait une grimace.

– Rien ne t'oblige à ressembler à Cat, même si je – ne la connais pas. Tu es très mignonne comme tu es.

– Les gamines de six ans aussi, il y en a des mignonnes, ai-je objecté. Or je n'ai aucune envie de ressembler à une gamine de six ans.

Lucy a secoué la tête en riant.

– T'inquiète, on t'en donne au moins dix !

En rentrant chez moi, je suis tombée sur un message grincheux de Gemma.

De : Gemma Smith

À : Sam Wallis

Je présume que tu es bien trop occupée à batifoler avec tes foulards à paillettes pour me raconter l'effet de ton nouveau style au collège ou pour m'envoyer les photos que tu m'avais promises ? J'ai dû aller voir ton nouveau profil sur Facebook pour les découvrir en même temps que tout le monde !!! Trop nul. T'es devenue emo ou quoi ? Tu vas brûler tous tes sweat-shirts second degré ? Je suppose que ça t'amuse plus de te mettre de l'eye-liner que d'envoyer des messages à ta BFF...

Sam Wallis

Désolée.

Gemma Smith

Grrr.

Sam Wallis

Je rampe à tes pieds.

Gemma Smith

Grrr.

Sam Wallis

Je n'ai pas d'excuse, à part l'épuisement post-shopping et la pression

d'aller au collège dans ma nouvelle tenue. Oui, j'ai acheté du noir pour équilibrer un peu tous mes trucs bariolés, et non, je ne vais pas devenir emo, c'est juré.

Gemma Smith

Ils ont réagi comment, au collège ?

Sam Wallis

Très bien. J'avais mis ma jupe avec un collant noir. Ça me faisait un peu bizarre, mais c'était cool, et j'ai récolté quelques sifflets grâce à mes jambes pas trop moches. Tania Hamilton m'a traitée de panda à cause de l'eye-liner, alors qu'il avait à peine coulé et qu'elle en met trois tonnes. Je rêve !

Gemma Smith

Ne l'écoute pas. C'est vrai que tes jambes sont top. Et ta nouvelle photo est trop sexy. Je devrais peut-être remplacer la mienne par une photo de moi dans un châle géant en tissu écossais (quoi d'autre ?).

Sam Wallis

Quoi de neuf de ton côté ?

Gemma Smith

Tu veux vraiment une autre histoire de mouton malade ? Soit il y a un virus qui traîne, soit ils sont tous boulimiques. Pars du principe qu'il ne se passe rien tant que je ne te dis pas le contraire...

Sam Wallis

Au moins, il va bientôt y avoir les jeux.

Gemma Smith

Shona et Elaine sont déchaînées. Moi, c'est le seul truc que j'ai à attendre. Je suis allée sur le continent aujourd'hui avec papa et maman. Ça faisait tellement longtemps que je n'avais pas vu de garçons de mon âge que je n'ai pas arrêté de les mater.

Sam Wallis

Tu t'es acheté quoi ?

Gemma Smith

Un jean, une robe et deux hauts (dont un noir pas du tout second degré en ton honneur). Et aussi des bottes et des sous-vêtements.

Sam Wallis

Super. Elle a été sympa, ta mère.

Gemma Smith

Oui, parce qu'elle culpabilise de me cloîtrer sur cette île comme une nonne. J'ai failli pleurer en reprenant le bateau ! Me voilà de retour, on est samedi soir et je n'ai NULLE PART OÙ ALLER. Je m'ennuie à mourir. Un mouton qui vomit, ce sera bientôt le grand moment de ma journée.

Sam Wallis

Désolée de ne pas avoir donné de nouvelles. C'était nul.

Gemma Smith

Tu es cent pour cent pardonnée. Mais tu dois me raconter TOUT ce qui se passe. Je compte sur toi pour mettre un peu d'ambiance dans ma vie, d'accord???

Sam Wallis

Si ça peut te consoler, on est samedi soir ici aussi, et moi non plus je ne vais nulle part. J'ai zéro vie sociale, et à tous les coups, j'ai fait fuir ADMV encore plus avec ma tête de panda fou. Plus qu'à ajouter ça à la longue liste de tout ce que j'ai déjà accompli pour le décourager, dont le croiser dégoulinante de gâteau et jouer Juliette avec Taylor en Roméo. Au moins, il ne sait pas que mon père est boucher… Enfin, je ne crois pas. Oh, c'est pas vrai, je parie qu'il le sait. Ce serait bien ma veine.

Gemma Smith

Une chance que la fourgonnette de ton père soit toute blanche et qu'il n'y ait pas de saucisses dansantes dessinées dessus.

Sam Wallis

Sheila s'est cassé la cheville en tombant de son tracteur et elle ne peut presque rien faire. Je suis restée deux fois plus longtemps que d'habitude au haras, c'était crevant.

Je trouve que maman a un comportement étrange. Ce soir, elle est sortie sans dire où elle allait, super sapée dans ses nouveaux vêtements et avec ses lentilles. Peut-être qu'elle a un amant! Je te rassure, ça ne dérange pas du tout papa, qui regarde la télé en buvant de la bière et en mangeant des cacahuètes. Voilà ce qui se passe quand on arrive à la quarantaine! Je refuse de vieillir et de devenir comme eux.

Gemma Smith

Sheila s'est cassé la cheville et ta mère a un amant. Voilà ce que j'appelle

des nouvelles intéressantes ! Continue à me raconter ce qui se passe, j'adore !

SAM WALLIS
s'est acheté des tonnes de fringues à Londres.

» **Penny Griffiths, Gemma Smith** et 3 autres 👍
» **Hannah Kermack** Sympa, ta nouvelle jupe.
» **Taylor Griffen** Ouf, soulagé de découvrir que tu as des jambes.
» **Penny Griffiths** Sam notre garçon manqué est en train de devenir une vraie jeune femme !

Franchement, tante Penny me scie. À croire qu'elle passe ses journées à chercher les remarques les PLUS déplacées et les PLUS embarrassantes possibles.

8

Le dimanche matin au petit déjeuner, maman était super jolie. Avec sa nouvelle coupe d'enfer et sans ses lunettes (qui n'étaient pas très flatteuses, il faut l'avouer), je dirais qu'elle avait gagné dix ans. Papa n'avait toujours pas fait le moindre commentaire.

Elle nous a informés que, la veille au soir, elle avait vu la mère de Cat.

– Histoire de savoir ce que devenait Eileen, a-t-elle dit à papa d'un ton détaché. Elle est venue faire du shopping avec nous la semaine dernière. J'ai failli te le dire, mais tu étais trop occupé à avoir une attaque à cause de mes achats.

– Eileen *Malloy* ?

Papa a posé ses couverts, signe incontestable qu'il était surpris.

– Oui, a confirmé maman, elle est de retour à Greenfields. Elle passe ses journées à peindre. Je l'ai invitée à venir dîner avec Catrina samedi soir.

– Ah bon, a fait papa d'un ton un peu dubitatif. Parfait.

Gemma Smith

Apparemment, tout ce qui se passe ici, c'est que papa observe des phoques et parle de phoques pendant que maman écrit sur le lait caillé et parle de lait caillé. Je trouverais ça génial qu'elle sorte super sapée et mystérieuse comme la tienne. Mais ici, elle n'aurait que les moutons avec qui discuter.

Va savoir pourquoi, Shona et Elaine se sont toutes les deux teint les cheveux en bordeaux et elles voudraient que je fasse pareil. T'en penses quoi, toi ? Moi, je trouve qu'on aurait l'air débile de se pointer aux jeux des Highlands à TROIS avec les cheveux bordeaux. En plus, maman me tuerait. Elle préférerait encore que je mette un grand tablier en lin blanc avec un de ces bonnets en dentelle qu'on voit sur les vieux tableaux. L'autre jour, elle a proposé de m'apprendre à fabriquer du fromage de chèvre. Parce que, figure-toi, qu'on a trois chèvres, et que le grand projet de maman est d'utiliser leur lait (qui est répugnant) pour faire du fromage (qui serait certainement encore plus répugnant).

Je lui ai répondu que je pouvais me tromper, mais qu'il me semblait qu'on vivait au XXIe siècle. Depuis, elle boude. À l'aide ! Mes parents sont timbrés !

Sam Wallis

Appelle tout de suite Enfance maltraitée. Alors, elles te plaisent vraiment, mes nouvelles photos sur Facebook ?

Gemma Smith

Quelle question, t'es trop top dessus ! Cat n'est pas sur Facebook ? Je ne l'ai pas vue dans ta liste d'amis.

Sam Wallis

Je viens de vérifier, elle n'y est pas. Elle doit bien être la seule de tout le collège à ne pas y être.

Gemma Smith

T'en es où de ton opération pour choper ADTV ? Tu es allée traîner au CDI ? Ici, il ne fait que pleuvoir. Même pas la peine d'essayer de me lisser les cheveux, ils rebouclent à la seconde où je sors. Maman continue avec ses histoires de fromage de chèvre. Tuez-moi, par pitié.
Le seul truc sympa, c'est que Shona a un machin pour le karaoké et qu'on a bien rigolé l'autre soir avec Elaine. Dommage que tu aies raté mon imitation de Katy Perry.

Sam Wallis

Je t'imagine très bien en train de fabriquer du fromage de chèvre. En tout cas, je vois d'ici ton expression d'ennui ou d'horreur (j'hésite entre les deux).
Non, je ne suis PAS allée épier ADMV au CDI. C'est pas toi qui m'as conseillé de laisser tomber pour le moment ?! Il m'a encore souri en histoire, ce matin. Mais je parie que, s'il est sympa, c'est parce qu'il a pitié de moi. Impossible de me concentrer sur le cours. Je vais me RÉTAMER en histoire, cette année.

Le lundi, j'ai constaté avec joie l'absence de Tania en histoire, ce qui m'épargnerait ses remarques désagréables sur mon physique. Vers la fin de l'heure, David s'est penché vers moi pour me chuchoter : « J'espère que tu n'écoutes pas ce que dit Tania ; moi, j'aime bien les pandas. C'est tout mignon. Et c'est une espèce en voie de disparition, en plus. »

Il souriait, avec une petite étincelle dans les yeux. J'ai commencé à suffoquer comme un poisson tombé de son bocal, incapable de répondre quoi que ce soit d'intelligent. Alors je lui ai juste souri bêtement, en me disant qu'il était vraiment trop craquant.

Au self, je n'ai pas arrêté de soupirer. Cat papotait avec Taylor, mais je ne suivais pas. Je n'arrêtais pas de me demander si je pouvais prendre la remarque de David sur les pandas pour un encouragement, ou pas.

– Sam ? Tu m'écoutes ? m'a dit Cat.

– Désolée, je rêvasse toute seule.

C'était tout à fait ça.

– Il paraît que je dîne chez toi samedi soir.

– Je sais, ai-je répondu.

– Ce sera comme au bon vieux temps ! a-t-elle ajouté en souriant.

J'ai souri aussi. Comme au bon vieux temps, oui ! Sauf qu'on n'allait probablement pas jouer à la dînette dans ma chambre.

Le lendemain, en anglais, Taylor a fait une réflexion sur mes longues jambes et je ne savais plus où me mettre. Surtout quand j'ai vu que David tournait la tête. Tout à coup, j'ai regretté de ne pas être l'ancienne Sam dans son bon vieux jean bleu.

– C'est normal d'avoir de longues jambes pour une

grande perche, a lancé Tania bien fort d'un ton dédaigneux. Un peu comme les girafes, quoi.

Super, d'abord les pandas et maintenant les girafes. J'ai croisé le regard de David, qui m'a lancé un de ses sourires fabuleux. Mais ses yeux ont eu l'air de me dire : « T'occupe. » Ça m'a consolée. Cat avait raison, c'était quelqu'un de bien. J'espérais quand même qu'il n'allait pas m'annoncer qu'il aimait bien les girafes.

Je ne suis pas allée jouer les espionnes au CDI ni nulle part ailleurs. J'ai juste passé le reste de la semaine à tenir la promesse faite à Gemma de la tenir au courant des détails rasoir de ma vie. J'adore recevoir ses messages ; ils me font rire. Elle me manque vraiment.

Le vendredi à midi, en bavardant avec Taylor et Cat, je leur ai répété la « blague » de Tania sur la girafe.

– Oui, David m'en a parlé, m'a dit Cat en riant. C'est un vrai gag ! D'abord elle te traite de panda, ensuite de girafe… Elle est vraiment grave.

– Tu as vu David ?

Quand est-ce qu'ils avaient pu discuter ensemble ? Il paraissait éviter les autres en dehors du collège, et Cat n'avait aucun cours en commun avec lui.

– Il est passé chez moi hier soir pendant la répét, m'a répondu Cat d'un air détaché. Comme il est copain avec JJ, ça lui arrive souvent.

J'ai d'abord été étonnée. Avant de me dire que ce n'était pas si étonnant que ça. Après tout, Cat ne m'avait pas caché qu'ils étaient amis.

– Tu veux que je le cuisine sur ce qu'il pense de toi ? m'a-t-elle proposé. Ça se pourrait que tu l'intéresses. Il a parlé de toi plusieurs fois.

– Non ! ai-je presque crié.

J'étais horrifiée à l'idée qu'il découvre que j'avais flashé sur lui. Et Cat avait beau dire, il était peu probable que je lui plaise, encore moins s'il passait régulièrement la voir, elle.

– Je ne veux pas qu'il se doute de quelque chose, ai-je expliqué. Promets-moi de ne rien lui dire.

– OK, OK, m'a-t-elle répondu en riant.

Je suis rentrée chez moi en me posant des questions. David et Cat se voyaient en dehors du collège. Il devenait assez clair qu'elle lui plaisait. C'était étrange qu'elle ne s'en rende pas compte.

De : Gemma Smith

À : Sam Wallis

Je ne t'ai pas dit, mais maman fait du fromage de chèvre dans la cabane du jardin. Elle est surexcitée.

Encore trois semaines et demie avant les jeux des Highlands. Ça me paraît aussi loin que si c'était dans trois ans et demi. J'ai l'impression qu'on n'y sera jamais.

De : Sam Wallis

À : Gemma Smith

J'ai du bol que ma mère ne me fasse pas ce genre de plan. Il faut croire que tes parents sont des fans du XVIIIe siècle.

J'ai appris un truc intéressant sur ADMV par Cat. Apparemment, il a écrit les paroles de plusieurs chansons pour Mister Bleaney!!! Et il connaît le batteur, JJ! C'est grâce à lui que Cat a passé l'audition pour devenir la chanteuse du groupe.
Plus elle me parle de lui, plus je trouve ça bizarre qu'ils ne se voient pas au collège, vu qu'ils se connaissaient avant ET qu'ils ont la musique et le groupe comme point commun. Cat dit qu'elle ne comprend pas plus que moi pourquoi il passe son temps planqué au CDI. Elle a eu l'air de dire qu'elle pourrait le décider à venir manger avec nous.
Au secours! À tous les coups, j'aurai un truc coincé entre les dents. Genre une énorme tranche de jambon. Pile au moment où il s'assiéra.
Il est passé chez elle, l'autre jour.
À ce que j'ai compris, ça lui arrive souvent. Je ne sais pas quoi en penser. Ce n'est pas parce que Cat le considère seulement comme un ami qu'il n'est pas amoureux d'elle. C'est même plus que probable, vu que presque tous les garçons de quatrième craquent pour elle.

De: Gemma Smith
À: Sam Wallis
Je voudrais pouvoir te dire que tu te trompes, mais je ne le connais pas. Il faudrait que tu les voies ensemble pour te faire une idée.
Tout à l'heure, je suis allée aider maman avec ses fromages de chèvre. C'est dingue, mais j'ai trouvé ça sympa! On en a apporté à nos voisins, les McFarlane, et ils l'ont trouvé très bon. Du coup, on va peut-être fournir l'épicerie-bureau de poste de l'île, vu qu'on est les seuls à en faire.

En lisant le message de Gemma le samedi matin, j'ai tellement rigolé en l'imaginant en train de s'éclater à faire du fromage de chèvre que j'ai failli tomber de mon lit. Du coup, c'était moins pénible de devoir repartir au haras pour une nouvelle semaine avec double ration de travail.

De : Sam Wallis
À : Gemma Smith
Je suis crevée. Je reviens du haras où j'ai eu le double de boulot, comme la semaine dernière.
J'ai vu cette sale mioche de petite sœur de David Matthieson. Elle m'a tiré la langue ! Quelle peste, celle-là ! J'ai fait pareil en louchant pour lui montrer qu'elle ne m'impressionnait pas. Maman s'excite sur le ménage parce que Cat et sa mère viennent dîner ce soir. Je suis la seule à l'aider. Je suis dégoûtée de voir à quel point papa et Ryan ne fichent rien.
Faut que je te laisse, maman m'appelle pour que j'aille mettre des chips dans les soucoupes. J'ai habillé Craspouille en diva du disco. Il n'est pas ravi, mais il a une dégaine d'enfer. Je t'enverrai une photo demain.

Ma pauvre maman a mis les petits plats dans les grands pour le dîner de ce soir. Elle a préparé un risotto et dressé une table super chic avec des sets de table et nos plus beaux couverts. Papa a râlé parce que le risotto ne rentrait pas dans la tradition de la viande et des deux légumes, mais maman lui a dit de s'en remettre et de sortir les poubelles ; et pour une fois, bizarrement, il a obéi.

Ryan a annoncé qu'il allait manger dans sa chambre en jouant de la guitare avec Matthew, et maman a dit que c'était hors de question, que Matthew allait rentrer chez lui et que Ryan mangerait avec nous. Ryan a répété que

Matthew restait. Maman s'est énervée et elle a crié jusqu'à ce que Matthew parte. Ryan est allé s'enfermer dans sa chambre en claquant la porte. L'ambiance de béatitude habituelle chez les Wallis, quoi.

Papa a disparu pour resurgir dans sa chemise hawaïenne préférée, celle qui proclame: «Je suis un type qui sait s'amuser!» Il ne rate jamais une occasion de la mettre.

Puis Cat et sa mère ont sonné à la porte. Cat portait une jupe en jean super mini avec un haut noir blousant. Elle avait mis de l'ombre à paupières mauve assortie à son vernis et au moins une cinquantaine de bracelets en argent très fin aux poignets. Elle était super canon. Sa mère aussi avait l'air radieuse.

Maman a appelé Ryan pour qu'il descende, et il est arrivé avec sa tronche qui dit «merci pour la corvée» – qui s'est transformée, à la seconde où il a vu Cat, en tête de chiot malade d'amour. J'aurais pu prévoir que ça allait arriver.

On s'est installés au salon, tous un peu mal à l'aise.

– Tu veux des chips? Elles sont au sel de mer et au vinaigre balsamique. Tu devrais aimer.

Ryan s'était matérialisé à côté de Cat sans crier gare, une soucoupe de chips à la main. Maman et moi, on a échangé un regard incrédule.

– Qu'est-ce que je te sers, Eileen? a demandé papa.

Il croisait les mains d'un air empressé, comme un serveur hawaïen aux petits soins.

– Juste un jus d'orange, s'il te plaît, Rob, a répondu la mère de Cat.

Papa a pris le verre le plus chic qu'il a trouvé et y a ajouté du jus d'orange, des glaçons, une ombrelle en papier, une rondelle d'orange ET une paille en spirale. Il l'a présenté à la mère de Cat avec cérémonie, et puis il s'est assis. Personne d'autre n'avait de verre, mais il n'a pas eu l'air de s'en apercevoir. Ça, c'est papa tout craché. Comme ça l'amuse de jouer à l'hôte parfait, il court derrière les invités comme si c'était des VIP et passe la soirée à les chouchouter sans s'occuper une seconde de maman. C'est plus fort que lui, il adore les mondanités. Quant à ma mère, ça lui tape sur les nerfs.

Ensuite, il a fallu qu'il fasse son numéro de flatteur. Pour couronner le tout, il a jeté son dévolu sur la coiffure d'Eileen.

– J'aime beaucoup ta nouvelle coupe, lui a-t-il déclaré. Ça te va très bien.

– Je ne dirais pas non à un verre de vin, s'il te plaît, Robert, l'a interrompu ma mère d'un ton glacial. Et les filles veulent peut-être boire quelque chose. Un Coca, par exemple ?

J'ai su que papa était dans de sales draps, parce qu'elle l'avait appelé Robert et pas Rob. Il l'a compris aussi. Il a même pris un air assez alarmé.

Ryan a bondi du canapé.

– Tu veux un Coca ? a-t-il proposé à Cat, comme s'il la demandait en mariage.

– Oui, a-t-elle répondu avec un sourire timide. Et Sam aussi, j'imagine.

– C'est comme si c'était fait ! a lancé mon frère avec enthousiasme.

Il a foncé à la cuisine et en est revenu aussitôt avec deux Coca. Il m'a balancé le mien dans les mains sans me regarder et a présenté le sien à Cat comme s'il était un grand explorateur présentant à Elizabeth Ire une pomme de terre ou du tabac rapportés d'Amérique.

Papa a servi un verre de vin à maman qui, vu son sourire figé, fulminait intérieurement.

Heureusement, elle a réussi à retrouver assez de calme pour bavarder poliment avec la mère de Cat. Elles ont parlé de leurs nouvelles coiffures en se disant que ça les rajeunissait – et même, que ça leur donnait l'air plus jeunes que quand elles s'étaient connues. Les mères ont l'art de se leurrer, surtout quand elles sont entre elles. Elles n'arrêtent pas de se répéter les unes aux autres qu'elles sont super belles, etc. Franchement, c'est de l'aveuglement collectif.

– Au fait, comment va Joe ? a demandé papa, toujours un modèle de tact.

Il y a eu un silence un peu gênant.

– Il va bien, a fini par répondre la mère de Cat. À mon grand soulagement, il a même rencontré quelqu'un. Ils sont bien mieux assortis qu'on ne l'était. Elle s'appelle Carol. C'est bien ça, Cat ?

Papa et maman ont souri, rassurés qu'Eileen ne se lance pas dans un couplet du style « c'est un monstre et il a gâché ma vie ».

– Si on passait à table ? a proposé maman, de la petite

voix un peu snob qu'elle ne prend que quand on reçoit des invités.

On s'est tous attroupés autour de la table, Ryan inclus.

– Je croyais que tu voulais manger dans ta chambre, ai-je observé.

Il m'a jeté un regard noir en s'installant en face de Cat.

Ben quoi, c'était la vérité !

La pauvre, elle allait devoir manger son risotto en face du visage pustuleux de mon frère. Mais ça ne semblait pas la perturber. Au contraire, elle lui adressait même des sourires timides.

Je me suis souvenue tout à coup que, quand on était petites, elle aimait bien Ryan. Elle n'était pas vraiment amoureuse, plutôt admirative. Elle était tout le temps en train de l'observer et de l'imiter en essayant de l'impressionner, comme font les petits avec les plus grands. Je suis presque sûre qu'elle m'a même dit qu'elle se marierait avec lui quand elle serait grande. En y repensant, je suis même certaine qu'une fois, dans ses jeux de cérémonies de mariage, son éléphant en peluche représentait Ryan.

Je les ai observés, et je me suis dit : « Non, c'est pas possible. » Elle le regardait comme s'il était beau et intéressant. C'était n'importe quoi ! Franchement, qu'est-ce qu'elle pouvait lui trouver, à ce crapaud hideux couvert de boutons ? Et puis vous faites quoi, vous, quand votre meilleure amie flashe sur votre frère ?

Plus

- Votre amie est toujours prête à venir chez vous, ce qui vous évite d'avoir à aller chez elle.

Moins

- Votre frère devient encore plus insupportable parce qu'il se prend pour un dieu.
- Votre amie a plus envie de discuter avec votre frère qu'avec vous.
- Ils pourraient finir par se marier, et ça, ce serait trop bizarre.

Papa, assis en face de la mère de Cat, était tout enjoué et d'humeur blagueuse.

Je suis allée aider maman à la cuisine. Elle paraissait de mauvaise humeur.

– Il fait juste son numéro de l'hôte parfait, comme d'habitude, ai-je dit pour la consoler.

– Je sais, m'a répondu maman d'une voix lasse. Mais ce serait bien de temps en temps s'il pouvait faire son numéro de mari parfait.

Même Craspouille avec sa perruque afro de diva du disco n'a pas suffi pas à lui remonter le moral.

9

Sam Wallis

Il est tard, mais il fallait que je te raconte. Tu es bien assise ? Ryan a passé la soirée à baver devant Cat, et elle en redemandait ! Et comme papa (pour changer) était trop pris par son grand numéro d'hôte parfait pour s'occuper de maman, elle était furax contre lui.

Gemma Smith

C'est un cauchemar, ton histoire !

Le dimanche matin, j'ai décidé d'aller courir. J'essaie de le faire une fois par semaine, parce que je suis dans l'équipe d'athlétisme du collège et que je voudrais améliorer mon temps en cross. Cette fois, j'ai vraiment poussé mes limites et j'ai fait dans les 4,5 km. J'étais assez contente de moi, jusqu'à ce que je passe au pas de course devant David Matthieson, sa mère et sa sœur qui montaient dans leur voiture à quelques mètres de chez moi.

Ça m'a étonnée de les voir dehors si tôt le matin. J'étais de la couleur d'une tomate trop mûre et dégoulinante de sueur. Je transpirais autant qu'un type de quarante ans avec des kilos en trop. Au point que mes cheveux étaient collés à mon crâne. Pour couronner le tout, je portais un vieux pantalon de jogging gris trop large et un tee-shirt jaune citron avec le slogan « Girl Power ».

David a levé la main pour me saluer. J'ai à moitié levé la mienne, en ne pensant qu'à une chose : les auréoles de sueur géantes que je devais avoir sous les bras.

– Hé, regardez ! C'est la fille qui sent mauvais ! a dit Jessica en agitant la main avec un grand sourire.

Sam Wallis

ADMV m'a vue courir !

Gemma Smith

C'est pas vrai ! Je parie que tu étais en sueur ! Au moins, maintenant, il sait que tu es sportive. Ça pourrait lui plaire. Quoi de neuf, à part ça ?

Sam Wallis

Pas grand-chose. Il y a un festival de musique dans quinze jours – le même week-end que les jeux des Highlands. Un truc qui s'appelle Plastic Moon. Cat y va avec Mister Bleaney, mais maman ne voudra jamais que j'y aille, même pas la peine de lui demander. En plus, en ce moment, elle est super stressée par son boulot. Sinon, j'ai trois tonnes de devoirs. Bref, rien de spécial. Où tu en es avec ton tricot et tes fromages de chèvre ?

Gemma Smith

Ça avance. C'est sympa de fabriquer du fromage, une fois qu'on a pris le coup. Je te rassure, je ne m'habille pas encore avec un tablier et un bonnet en dentelle. Maman me donne la moitié des bénéfices sur les ventes. Entre ça et mes écharpes, je vais devenir riche ! Je n'ai plus qu'à me tricoter un BAS DE LAINE !!

Sam Wallis

HA HA HA HA HA HA HA HA HA HA HA HA HA HA HA HA HA ! Tu me fais trop rire !

Gemma Smith

Je sais. Je suis une comique née.

Sam Wallis

Déjà que les chèvres, c'est drôle, mais toi en train de fabriquer du fromage de chèvre, c'est encore mieux.

Gemma Smith

Tu veux peut-être qu'on parle de tes petites manies ?

Il n'y a qu'un scoop à signaler cette semaine, et un gros, sur l'échelle des événements habituels de Ploucfields. Griffen a appris qu'il était le nouveau visage de Puffy-Wheats !!

– On parie combien que tout le monde va vouloir déjeuner avec moi, maintenant que je vais devenir célèbre ? a-t-il déclaré à Cat au self. Mais t'en fais pas, je ne t'oublierai pas. C'est vrai, toi, tu m'apprécies pour ce que je suis, pas à cause de ma future célébrité.

On n'a pas pu s'empêcher de sourire. Taylor avait toujours papillonné d'une table à l'autre, au self; il papotait, il blaguait, il mettait de l'ambiance, sans jamais s'attacher à un groupe en particulier. Mais maintenant, il mangeait avec nous quasiment tous les jours, et ça ne me gênait pas plus que ça si c'était parce qu'il avait flashé sur Cat. On a bien rigolé en l'écoutant nous raconter ses rêves de notoriété internationale. Au moins il ne parlait plus dans son charabia moyenâgeux.

David Matthieson continuait à déjeuner au CDI. Maintenant qu'il avait vu mes auréoles, j'avais quasiment abandonné tout espoir. Maman était toujours aussi stressée par ses longues journées de boulot. Et papa, ben euh, papa restait papa.

La seule chose qui avait changé, c'était le comportement de Ryan. Il passait sa vie dans la salle de bains à appliquer son nouveau traitement dermatologique, qui comprenait une bonne vingtaine de crèmes et de lotions et qui l'obligeait à rester enfermé là-dedans pendant des heures. Un soir, je suis descendue de ma chambre en essayant d'ignorer tous ses bruits de friction et ses clapotis.

En bas, pas de maman. Ce qui était bizarre, parce qu'elle est généralement rentrée depuis longtemps à cette heure-là. J'ai pensé qu'elle était peut-être passée voir la mère de Cat, comme le mardi d'avant. Mais elle m'aurait appelée sur mon portable pour me prévenir. J'ai essayé de la joindre, mais je suis tombée sur sa messagerie.

Papa est rentré.

– Tu n'as pas vu ta mère ? m'a-t-il demandé.

Il a blagué en disant qu'elle devait faire la java et il a essayé de la joindre à son tour, sans succès. À mesure que le temps passait, il a laissé tomber les blagues.

J'ai eu l'idée de passer voir Flora la Fouine au cas où elle saurait quelque chose, mais elle n'était pas chez elle.

– Tu as le numéro d'Eileen Malloy ? m'a demandé papa.

Cat n'avait aucune idée d'où maman pouvait être.

Papa a fini par appeler Val, une collègue de maman. Il a raccroché avec un air super sérieux.

– Ta mère n'est pas allée au travail aujourd'hui. Et Val dit qu'elle n'est pas censée y retourner avant quelque temps. Apparemment, elle a pris des congés.

– Essaie encore son portable, a suggéré Ryan, qui était sorti de la salle de bains et qui empestait la lotion antiseptique.

Papa a composé le numéro. Cette fois, maman a répondu.

– Julie ! Où es-tu ? a demandé papa.

Après avoir écouté un moment en silence, il a dit « OK », et puis « Mais enfin... », et il a raccroché.

Il s'est assis à la table de la cuisine, l'air effaré.

– Votre mère est partie en croisière aux Antilles ! nous a-t-il annoncé. Avec Flora, la voisine. Alors ça, c'est le bouquet ! Flora a gagné une croisière en participant à un concours. Je n'arrive pas à croire qu'elle soit partie pour *deux semaines* sans rien dire... sans nous prévenir ! Elle avait peur qu'on essaie de la retenir, ou quoi ?

– Et le repas ? a aussitôt demandé Ryan, totalement prévisible.

Ce qui explique sans doute pourquoi maman était partie sans nous le dire.

J'étais sous le choc. Ça ne ressemblait tellement pas à maman ! Mais je devais la défendre face à papa et Ryan.

– Moi, je trouve ça *super*, ai-je déclaré d'un ton de défi. Elle ne les a pas volées, ses vacances.

– Ouais, ben elle a une drôle de manière de s'y prendre, a grommelé papa, d'un air toujours aussi éberlué et un peu offensé. Je sors.

Il a enfilé sa veste et il est parti en claquant la porte. Ça m'a fait drôle, parce que papa ne se fâche jamais ; sans doute parce qu'il obtient toujours ce qu'il veut.

Ryan s'est levé.

– Crise de la quarantaine, a-t-il marmonné.

Je n'ai pas compris s'il parlait de papa ou de maman. Ça valait sans doute pour les deux.

Ryan a pris une tartine et l'a glissée dans le grille-pain.

– Qu'est-ce que tu fais ? lui ai-je demandé.

– Ben je me fais à manger.

Je suis montée dans ma chambre et je me suis assise sur mon lit, encore sonnée. J'ai réfléchi aux Plus et aux Moins de la situation.

Plus

- Maman a enfin pu échapper un peu à toutes ses corvées. Bien fait pour papa et Ryan.
- Maman, étant maman, va tellement culpabiliser de s'amuser qu'elle va me gâter à son retour.

- Maman ne sera pas là pour me tenir à l'œil et m'obliger à faire mes devoirs.

Moins

- Personne pour s'occuper des courses, de la lessive ni du rangement.
- Ça va être un bazar monstre, sans doute à grande échelle.
- Elle ne m'a pas emmenée avec elle.
- Si elle trouve ça trop génial, elle risque de décider de ne pas revenir.

Alors finalement, le prix que Flora avait gagné, ce n'était pas du bidon. Et elle avait choisi d'en faire profiter maman. Mais c'était tellement bizarre que maman ne nous ait pas prévenus ! Comme a dit papa, est-ce qu'elle avait eu peur qu'on essaie de la retenir ?

Pour être honnêtes, on l'aurait peut-être fait, même sans le vouloir. Papa et Ryan auraient été horrifiés à l'idée de devoir laver leurs slips eux-mêmes. Et à vrai dire, j'aurais sûrement été tout aussi horrifiée à la perspective de rester seule avec eux.

Soudain, j'ai vu une lettre sur ma commode ; une lettre de maman.

Ma Sam,

Je suis désolée d'être partie sans dire au revoir. Je ne savais pas comment ton père réagirait et ça m'a paru plus facile comme ça. Je suis tellement stressée ces derniers temps que j'avais besoin de faire une pause. Je sais que tu te débrouilleras très bien parce que tu es une fille raisonnable. Si ça se passe mal, tu peux aller habiter chez Cat. Eileen est d'accord.

Un petit avertissement : ton père et Ryan vont essayer de te laisser tout faire à la maison. Ne tombe pas dans le panneau. Il est temps qu'ils apprennent à se prendre en charge. Alors, s'il te plaît, n'épluche pas une seule pomme de terre pour eux et quoi qu'il arrive, NE FAIS PAS leur lessive. J'ai laissé un peu d'argent dans ton tiroir à chaussettes. Prends soin de toi ; je rentre bientôt.

Bisous, je t'aime.

Maman

J'ai foncé sur le tiroir. Et là, niché entre mes chaussettes, il y avait un rouleau de billets attaché par un élastique. Maman m'avait laissé *cent livres* ! En une fois ! Je n'avais jamais eu autant d'argent. C'était clairement pour mes déjeuners, et au cas où papa ne nous nourrirait pas sainement. Mais tout ce que j'ai vu, c'était le festival Plastic Moon dont Cat parlait tout le temps. J'étais là avec cent livres et sans maman pour m'empêcher d'y aller ! J'ai décidé que c'était le destin.

10

Sam Wallis

Maman est partie aux Antilles avec Flora la Fouine ! Elle dit que c'est parce qu'elle était stressée. Elle a filé comme ça, sans prévenir ! Papa est furax.

Gemma Smith

C'est pas vrai ?! Comment tu te sens ?

Sam Wallis

Ça va. Ce matin, j'ai eu trop de boulot au haras pour y penser. Ensuite, j'en ai discuté un bon moment avec Lucy, et ça m'a fait du bien. Elle m'a rappelé que ce n'était que pour deux semaines et qu'il valait mieux pour tout le monde que ma mère se change les idées et qu'elle se détende. Je suis bien d'accord.

La maison est déjà un vrai champ de bataille : des tasses sales et des paquets de gâteaux vides dans tous les coins, un slip crasseux de Ryan sur le palier du haut parce que soulever le couvercle du panier à linge est au-dessus de ses forces. L'évier est rempli d'assiettes bien graisseuses, plus une poêle carbonisée suite à une tentative de papa de faire des œufs brouillés pour le petit déjeuner. Et ça ne fait pas vingt-quatre heures que maman est partie !

Gemma Smith

L'enfer !

Sam Wallis

J'espère que papa et Ryan vont enfin se rendre compte de tout ce qu'elle fait pour eux. Je crois qu'ils pensent que je vais la remplacer. Alors là, ils rêvent !

Gemma Smith

Eh ben, ma pauvre ! De toute façon, je t'INTERDIS de commencer à ranger ! Ils n'attendent que ça. Bouche-toi le nez avec une pince à linge et ne te laisse pas faire.

Sam Wallis

Assez parlé de moi. Comment tu vas ?

Gemma Smith

Je me sens ridiculement impatiente avec cette histoire de jeux des Highlands. À croire que je suis devenue une espèce d'obsédée des garçons totalement hystérique. Alors que je n'ai jamais été comme ça, je serai bientôt plus grave que Shona et Elaine. Plus le Grand Week-End approche, plus elles sont excitées et plus elles tricotent vite. Leurs aiguilles vont finir par prendre feu si ça continue.

Sam Wallis
Hi hi.

Gemma Smith
Je suis super jalouse que tu puisses aller à ton festival toute seule, ou avec Cat ou je ne sais qui, enfin SANS tes parents ! Parce que, de mon côté, le roi des phoques et la reine du lait caillé comptent bien être présents, surtout maintenant qu'ils sont copains avec tous les voisins. Encore heureux que ce soit un gros truc, j'arriverai bien à m'en débarrasser en me perdant dans la foule.

Lundi, j'ai mis du vernis à ongles noir, même si c'est interdit par le règlement du collège. Il n'y avait pas maman pour s'en apercevoir, et papa ne risque pas de remarquer ce genre de truc. Évidemment, Donovan le Terrible l'a tout de suite repéré.

– Je suppose que vous connaissez le règlement concernant l'usage du vernis à ongles ? m'a-t-il lancé en passant à côté de ma table. Si vous recommencez, vous récolterez une heure de colle.

– Désolée, Mr Donovan, ai-je répondu d'un ton que j'espérais sarcastique.

J'ai senti le regard de David se poser sur moi, mais il n'était absolument pas question de rougir maintenant. Alors j'ai fixé mon livre en essayant de prendre un air énervé et provocateur.

David m'a rattrapée au moment où je sortais de la salle.

– Ça va ? m'a-t-il demandé. Tu n'as pas l'air… comme d'habitude.

– Tout va bien, lui ai-je répondu, avant de lâcher en bredouillant : Ma mère est partie vendredi.

– Quoi ?

Il a eu l'air vraiment choqué. Toute son attention était concentrée sur moi, tout à coup. Je dois reconnaître que ça m'a plu, cet intérêt soudain. Ce qui, j'espère, explique en partie ce que j'ai fait alors. Bon, je n'appellerais pas vraiment ça un mensonge…

– Ils se disputaient tout le temps, ai-je expliqué d'une voix triste. Maman était malheureuse. Je ne lui reproche pas d'être partie, sauf qu'elle ne nous a même pas dit au revoir.

– Et elle est où, maintenant ?

– Avec une amie.

Ça aussi, c'était vrai. J'ai juste omis de signaler qu'elle était en croisière dans les Antilles et qu'elle revenait dans quinze jours.

Il n'était plus que compassion pour moi.

– Je connais ça, a-t-il déclaré. C'est dur. Si tu as besoin de parler à quelqu'un, tu peux venir me voir, je mange presque tous les jours au CDI.

Puis il m'a tapoté l'épaule. C'était juste un tapotement amical, mais je m'en fichais.

– Merci, ai-je dit.

Je n'en revenais pas de la chance que j'avais : d'abord de l'argent tombait du ciel pour aller au festival, et maintenant David me proposait de venir parler avec lui ! Ce qui, si je prenais mes désirs pour des réalités, pouvait être assimilé à un rencard ! Après toutes ces semaines où il n'avait pas du tout paru s'intéresser à moi, ça relevait du miracle ! J'ai dû me retenir pour ne pas sourire comme un chat qui aurait avalé une souris. Je me suis éloignée en m'efforçant de garder l'air le plus perturbé possible.

Au déjeuner, j'ai persisté dans ma supercherie. Cat devait déjà savoir que ma mère était partie en croisière avec la voisine, ou alors ça n'allait pas tarder. Donc je me suis arrangée pour laisser entendre qu'elle risquait de ne pas revenir, tellement elle en avait marre. Je me suis montrée tellement convaincante que j'ai presque fini par y croire.

– Je ne me doutais pas que ça allait aussi mal, m'a-t-elle dit en me caressant le bras dans un geste de sympathie.

– C'était *horrible*, ai-je soutenu.

– Et elle lui a carrément jeté sa tranche de faux-filet à la figure ? a dit Taylor, estomaqué.

Je venais de leur raconter ma version revue et corrigée de leur anniversaire de mariage, et il avait évidemment adoré le côté psychodrame de la situation.

– Ma pauvre ! a conclu Cat. C'est dingue que tu aies réussi à donner le change comme ça. Tu avais l'air tellement… joyeuse ! Quand je pense que, pendant tout ce temps, tu souffrais le martyre !

J'ai tâché de prendre l'air martyrisé. Mais c'était dur. Déjà parce que je ne suis pas très bonne comédienne. À l'école primaire, je me récupérais toujours des rôles d'arbre ou de gentille petite créature de la forêt. Mais en plus, parce que je suis la reine du sourire niais. C'est pour ça que papa m'appelle Risette. Je me suis promis de m'entraîner devant un miroir à la maison.

Enfin ça y est, je suis officiellement une grosse mytho !

Plus

- J'ai attiré l'attention de David Matthieson.
- Cat m'a acheté une barre chocolatée. Je me suis sentie un peu coupable, ce qui ne m'a pas empêchée de l'engloutir. Oink oïnk.

Moins

- Inventer une histoire pareille, ça prouve bien que je suis grave et que je ferais mieux d'essayer d'avoir une vraie vie.
- Mon mensonge sera forcément découvert un jour ou l'autre.

La situation chez les Wallis n'a fait qu'empirer au fil de la semaine. Les tasses à thé commençaient à se couvrir d'une pellicule de moisi. L'intérieur du frigo empestait. Le panier à linge débordait d'affaires de papa et de Ryan. (Je lavais les miennes dans le lavabo et je les mettais à sécher sur le radiateur de ma chambre.) J'ai acheté du pain avec l'argent de maman, mais j'ai à peine eu le temps de me préparer un sandwich avant que Ryan n'expédie le reste comme un loup affamé.

Papa rapportait des *fish and chips* pour le dîner. Les deux premiers soirs, pas de problème, mais après, même l'enthousiasme de Ryan a refroidi. Alors, un soir, papa a rapporté des saucisses de la boucherie, mais il n'avait pas pensé aux légumes. Ryan a observé qu'on ne l'avait pas prévenu qu'on s'était mis au régime cent pour cent protéines. Ça a énervé papa, qui a piqué sa crise.

Comme Taylor n'était pas au self mardi midi, Cat en a profité pour aborder le divorce de ses parents.

– Je sais ce que tu ressens, Sam, m'a-t-elle déclaré. Tu peux m'en parler, tu sais. Mes parents se disputaient tout le temps comme des malades, jusqu'à ce que mon père parte. Je vais te confier un secret, mais tu le gardes pour toi, hein ? La vérité, c'est que maman buvait. Elle avait un gros problème de ce côté-là.

Cat paraissait vraiment vulnérable, tout à coup. Ça ne devait pas être facile pour elle de me confier ça. Spontanément, j'ai tendu la main et serré la sienne.

Je comprenais maintenant ce qu'elle voulait dire quand elle me disait que sa mère allait mal.

– Ça a dû être atroce, ai-je murmuré. Ça va mieux, maintenant ?

– Oui. Mais quelque part, je lui en veux encore d'avoir été une mère aussi nulle pendant tout ce temps. C'était horrible, comme si c'était moi qui devais jouer son rôle. Et je lui reproche encore d'être responsable du divorce. Je sais que ce n'est pas juste ; si elle buvait autant, c'est en partie parce qu'elle n'était pas heureuse, et ça, c'était aussi de la faute de papa. Qu'est-ce que c'est compliqué, les relations entre adultes !

– À qui le dis-tu !

Mais j'avais honte, parce qu'elle avait vécu ce qu'elle me racontait, alors que mon histoire n'était qu'une caricature de la réalité. Cat avait vraiment subi une épreuve, et moi, j'étais totalement bidon.

Je me suis demandé si j'affabulais parce que je trouvais ma vie ennuyeuse et sans intérêt. Ce n'était pas avec les petites chamailleries de mes parents et l'obsession de papa pour le faux-filet que je pouvais jouer l'ado perturbée. J'étais ridicule et pitoyable. Mais une fois qu'on a commencé à mentir, ça devient difficile de faire marche arrière. Cat, Taylor et David me croyaient : je ne pouvais plus reculer.

Le mercredi, j'ai pris mon courage à deux mains et je suis allée voir David au CDI. Il faisait ses devoirs de maths en mangeant un sandwich au beurre de cacahuètes.

– Salut, ai-je murmuré.

Il a levé les yeux et m'a décoché son sourire de rêve. Aussitôt, j'ai senti mes jambes me lâcher. Coup de chance, il m'a fait signe de m'asseoir à côté de lui.

– Comment tu te sens ? m'a-t-il demandé avec un regard pénétrant.

Je me suis efforcée de prendre une mine abattue.

– Ça va, ai-je répondu. Je m'en sors.

– Surtout, rappelle-toi que tu n'y es pour rien, a-t-il repris en plongeant ses yeux dans les miens.

J'en ai déduit qu'il avait dû culpabiliser quand ses parents s'étaient séparés. J'ai trouvé ça tellement triste que je n'avais plus besoin de faire semblant.

– Je t'assure, a-t-il repris. Tu n'aurais rien pu y changer.

J'ai franchement cru que j'allais fondre en larmes, tellement je m'en voulais d'avoir exagéré ma situation uniquement pour attirer son attention, alors que lui en avait vu de toutes les couleurs… et Cat aussi. Je ne méritais pas une miette de leur compassion.

– Je dois y aller, ai-je dit en me levant. Merci.

Avant de faire ce que je fais le mieux en ce qui le concerne : prendre la fuite.

Cat a sauté de joie quand je lui ai annoncé que je pouvais venir au festival Plastic Moon.

– C'est super ! s'est-elle exclamée avec enthousiasme. Je te donnerai un pass pour les coulisses – comme on est à l'affiche, j'en ai reçu plein. Tu pourras faire le voyage et camper là-bas avec nous. Maman sera là pour nous chaperonner, mais elle est plutôt cool.

– Génial ! C'est parfait ! ai-je répondu.

Gemma Smith

Une semaine plus trois jours égalent dix. Encore DIX JOURS à attendre ! J'ai découvert que plein de gens allaient camper, et qu'il y aurait un barbecue sur la plage le soir et qu'on écouterait de la musique en dansant toute la nuit !

Histoire de m'occuper, et parce que ça m'amuse, je tricote et je fabrique du fromage comme une dingue.

Sam Wallis

Décidément, je m'inquiète vraiment pour toi.

Gemma Smith

Tu peux parler !! Après les salades que tu as racontées à David Matthieson, ton nez devrait au moins arriver jusqu'en Écosse !

Le vendredi, je suis retournée au CDI. J'étais incapable de me retenir, sachant qu'il était prêt à discuter avec moi et à se montrer adorable et compatissant.

– Comment tu t'en sors ? m'a-t-il demandé.

J'ai soupiré.

– Mon père est super en colère !

Ça, c'était vrai. Papa était tout vert. Il n'arrêtait pas de grommeler que maman avait bouffé deux semaines sur ses congés annuels et que c'était du pur égoïsme. Il tournait en rond dans la maison comme un éléphant, en marchant sur les trucs que Ryan et lui laissaient traîner partout. Après, il jurait en balançant des coups de pied dans le bazar.

Il a shooté dans l'aspirateur (que j'avais laissé sorti en guise de message), dans ses chaussures de foot, dans le sac de sport de Ryan plein d'affaires dégoûtantes ET dans une assiette contenant des restes de *fish and chips*. L'assiette s'est cassée, ce qui n'a fait qu'aggraver la crise sanitaire.

– Mais toi ? m'a demandé David. Est-ce que tu es en colère ?

Il était vraiment doué ! Un vrai psy.

– Oui ! ai-je répondu. Je suis super, super en colère. Au point que je pourrais…

J'ai réfléchi à ce qu'on peut avoir envie de faire quand on est super en colère. L'ennui étant que je ne l'étais pas du tout.

– Que je pourrais… balancer mon sac, ai-je déclaré sans conviction.

– Eh bien, vas-y, fais-le, m'a-t-il suggéré. Ça te soulagerait peut-être.

Je me suis sentie complètement idiote. Ce genre de geste n'était pas dans mes habitudes. Mais j'étais un peu coincée. J'ai ramassé mon sac et je l'ai jeté le plus loin possible. Ratant de peu les têtes de trois cinquièmes (une chance qu'ils aient esquivé), le sac a plané majestueusement à travers tout le CDI et a atterri dans un grand bruit sourd sur le bureau de Mrs Sutcliffe, la documentaliste, en éparpillant ses papiers et en renversant sa tasse de thé.

– Je ne voulais pas dire là, tout de suite ! a chuchoté David en se retenant de rire. Je voulais dire chez toi !

Mrs Sutcliffe a désigné mon sac.

– Qui a jeté ça ? a-t-elle braillé.

Je me suis fait la remarque qu'on n'a pas le droit de crier dans le CDI et qu'elle était quand même censée donner l'exemple.

Du coup, j'ai été prise d'un fou rire. Mes épaules tressautaient. J'ai dû mettre ma main devant ma bouche. J'en avais les larmes aux yeux. David s'est levé.

– C'est moi, a-t-il déclaré.

– Dans mon bureau, tout de suite, lui a ordonné Mrs Sutcliffe en tournant les talons.

David m'a souri d'un air penaud et il l'a suivie.

J'ai réussi à sortir du CDI en titubant et je suis repartie dans le couloir, toujours morte de rire.

– Où étais-tu passée ? m'a demandé Cat quand je l'ai rejointe en retard au self.

J'avais réussi à me calmer, et il me restait juste un sourire idiot sur la figure.

– Au CDI, ai-je répondu d'un ton rêveur.

– Avec David ?

– Oui, ai-je confirmé. Et il a accompli une noble action pour moi.

– Ah oui ? Laquelle ? m'a demandé Cat, intriguée.

– Il s'est dénoncé à ma place alors que j'avais jeté mon sac sur la documentaliste.

Elle m'a regardée d'un air perplexe.

– Mais pourquoi tu as … ? a-t-elle commencé.

– Laisse tomber. L'important, c'est qu'il s'est dénoncé.

J'ai poussé un profond soupir et je me suis sentie rougir.

Sam Wallis

J'ai un scoop ! Et le meilleur. Aujourd'hui, ADMV s'est attiré des ennuis à cause de MOI.

Gemma Smith

Raconte.

Sam Wallis

C'est une longue histoire, mais c'est un peu de sa faute, aussi. Il m'a dit de balancer mon sac. Il ne m'a pas forcée, mais j'ai mal compris, alors je l'ai fait, et il a dit que c'était lui... Du coup, il est exclu du CDI pour huit jours et il a une colle.

Gemma Smith

Pourquoi il t'a dit de balancer ton sac ?

Sam Wallis

Pour me débarrasser de ma colère à cause du départ de ma mère. Mais il ne m'a pas demandé de le jeter à travers le CDI.

Gemma Smith

C'était censé te défouler ? Tu devrais avoir honte. Lui raconter que ta famille est brisée alors que ta mère se fait bronzer sur une plage aux Antilles !

Sam Wallis

Je n'ai pas honte. Je m'en fiche.

Gemma Smith

Donc, il s'est dénoncé à ta place. Ça, c'est bon signe.

Sam Wallis

Et c'est pas tout. J'ai traîné au collège jusqu'à la fin des heures de colle pour le remercier et on a un peu reparlé. Je lui ai dit que j'allais au festival, et DEVINE QUOI ? Il y va aussi ! Avec sa mère et sa sœur, malheureusement,

mais n'empêche qu'il y sera ! On en a discuté pendant tout le chemin du retour. Oui, on est RENTRÉS ENSEMBLE !!!
Je suis tellement contente que je me fiche que la maison soit en ruine, et qu'il n'y ait que du bacon et des carottes crues pour le repas.

Gemma Smith

Méfie-toi quand même. Ne craque pas trop pour lui.

SAM WALLIS
va à Plastic Moon.

» **Penny Griffiths** et **Gemma Smith**
» **Tania Hamilton** Bonjour le scoop. J'ai mon billet depuis des semaines.
» **Hannah Kermack** Je suis trooop jalouse. Mes parents ne me laisseraient jamais y aller.
» **Penny Griffiths** Je me souviens de mon premier festival, dans les années quatre-vingt. Je portais une adorable salopette mauve, à l'époque.

11

Le samedi matin, je faisais la grasse matinée, quand j'ai cru que je rêvais : j'entendais l'aspirateur ! Je suis restée un moment dans mon lit à réfléchir, et j'ai fini par penser que c'était la télé. Mais en descendant, je suis tombée sur papa, dans le tablier rose à fleurs de maman, qui passait l'aspirateur pendant que Ryan faisait la vaisselle !

– Salut, Risette ! m'a lancé papa, qui avait retrouvé son éternelle bonne humeur. On fait un peu de ménage.

– Je vois ça, ai-je répondu. Tu le paies combien ?

J'ai désigné Ryan du menton.

– Pas une saucisse, m'a assuré papa en langage boucher. Ah, tiens, ta copine Cat a appelé. Elle va passer.

Voilà qui expliquait toute cette soudaine activité. Ils ne pouvaient pas supporter l'idée que la belle Cat découvre dans quelle porcherie ils vivaient !

– Ha ! ai-je commenté d'un ton ironique en me dirigeant vers le grille-pain.

Je me suis demandé pourquoi elle passait. Elle savait que j'allais aider Sheila le samedi matin et qu'on aurait à peine le temps de boire une tasse de thé avant que je parte. Mais ça me faisait plaisir qu'elle vienne.

J'étais en train de mordre dans ma deuxième tartine quand elle a sonné à la porte. Elle était toujours aussi classe, avec un long cardigan rayé gris et noir et un jean satiné.

– Tu veux une tasse de thé ? lui a proposé Ryan avec un grand sourire.

C'était flippant de le voir avec cette tête-là ; c'est tellement anormal, chez lui !

– Avec plaisir, a dit Cat. Sam, ça te dirait qu'on aille au cinéma ? J'ai deux billets pour *La Rose du destin*. J'ai pensé qu'on pourrait y aller en fin d'après-midi.

La Rose du destin est un nouveau film sur une fille qui s'appelle Rose et qui fait tout ce qu'elle a toujours voulu faire parce qu'elle sait qu'elle va mourir. Apparemment, c'est un gros mélo, pas du tout mon genre. Ça m'arrangeait d'avoir une bonne excuse pour refuser.

– Désolée, mais je serai sûrement encore au haras. Sheila a du travail en plus pour moi aujourd'hui.

– Moi, je peux venir avec toi, a suggéré Ryan d'une voix légèrement étranglée.

Il a beau être mon frère, ce qui m'amène à lui souhaiter jour après jour toutes sortes d'horreurs, il m'a vraiment fait de la peine à ce moment-là. Son visage récuré mais néanmoins boutonneux était plein d'espoir. Je me suis préparée à entendre un « non merci » poli de Cat.

– Ce serait super ! a-t-elle répondu avec un sourire jusqu'aux oreilles. Mais tu es sûr que tu vas aimer ? C'est l'histoire d'une fille qui va mourir.

– Ah bon ? a fait Ryan sans se démonter. Chouette !

Oui, il a *vraiment* dit qu'un film sur une fille mourante avait l'air chouette. Voilà le genre d'idiotie qu'un garçon est prêt à dire quand une fille lui plaît. Un autre exemple serait : « Oh oui, *j'adorerais* aller rendre visite à ta vieille grand-tante moustachue et incontinente avec toi. »

Plus

- Si le film est suffisamment nul, ce sera une expérience tellement horrible qu'ils ne voudront plus jamais sortir ensemble.
- J'ai beau chercher, impossible de trouver autre chose.

Moins

- L'obscurité ambiante risque de favoriser le bécotage, une vision d'horreur dépassant l'imagination.
- Ça pourrait être considéré comme un rencard.
- Qu'est-ce que je deviens là-dedans, moi ?

Au haras, j'ai raconté à Sheila que Ryan et Cat allaient au cinéma tous les deux. On peut toujours compter sur elle pour fournir un point de vue plein de sagesse et de bon sens.

– Mon frère et mon amie ! Cherchez l'erreur ! me suis-je exclamée.

– On ne peut rien contre les hormones, a dit Sheila en me tendant son paquet de gâteaux. C'est la nature humaine. On n'est pas très différents des babouins, en fait. L'instinct d'accouplement est quelque chose de très puissant.

Stan, qui n'ouvre la bouche que pour acquiescer à tout ce que dit Sheila, a hoché la tête d'un air sentencieux.

– Beurk ! Je crois que je vais vomir, ai-je gémi en repoussant les sablés avec dégoût.

Pendant que je nettoyais les écuries, et même pendant le cours de Lucy, la remarque de Sheila sur les babouins a tournicoté dans ma tête.

– Tu as l'air – distraite, Sam, a remarqué Lucy, qui s'entraînait à tourner et qui se débrouillait très bien.

– Désolée, me suis-je excusée. C'est juste que Cat va au cinéma avec mon frère. Je ne vois pas du tout ce qu'elle lui trouve, en plus. C'est un vrai crapaud.

– Je le trouve – très mignon, a objecté Lucy.

Comme elle est passée deux ou trois fois à la maison, elle a déjà vu Ryan.

– Tout le monde est devenu fou ou quoi ? ai-je demandé à personne en particulier.

De retour chez moi, je me suis fait un sandwich en savourant le plaisir de rentrer dans une maison raisonnablement rangée. Mais ensuite, j'ai ouvert un placard pour prendre une assiette et il en est tombé une avalanche de bazar ! Ryan avait dû faire un tas avec tout ce qui traînait sur la table de la cuisine – vaisselle sale, vieilles chaussettes répugnantes… – et planquer le tout là-dedans.

Puis, en m'installant sur le canapé du salon, j'ai eu l'impression d'être plus haute que d'habitude. J'ai soulevé le coussin et découvert d'autres chaussettes sales, un carton de pizza, des boîtes de jeux, des vieux journaux et une poêle à frire toute grasse. C'était donc ça, l'idée que papa et Ryan se faisaient du ménage. J'aurais dû m'en douter.

À ce moment-là, le téléphone a sonné. Quand j'ai décroché, je n'ai d'abord entendu qu'un bruit de friture, puis la voix de maman.

– Sam ! Ça va ? Tout se passe bien ?

Elle paraissait inquiète. Elle devait penser que la maison avait brûlé depuis son départ.

– Super ! ai-je menti. On va bien. Et ta croisière ?

– C'est *merveilleux* ! La plupart des passagers sont américains. On a rencontré un couple adorable, Marty et Dee, et on dîne à quatre. Sinon Flora a gagné un concours de karaoké hier soir. Elle a chanté « Sex Bomb » de Tom Jones.

– C'est chouette, ai-je répondu, en évitant d'imaginer Flora en train de chanter « Sex Bomb ».

– Et ton père, comment prend-il les choses ? m'a-t-elle demandé du même ton inquiet qu'au début.

– Il a râlé les premiers jours, mais là, ça va, l'ai-je rassurée. Figure-toi qu'il a passé l'aspirateur, ce matin.

Il y a eu un silence au bout de la ligne, et j'avoue que maman avait de quoi être choquée par cette information. Quand elle s'est ressaisie, elle m'a fait jurer que j'allais bien, je lui ai fait promettre de s'amuser, et elle a raccroché. Elle avait un cours de salsa avec Flora la Fouine.

Elle a précisé que le prof, « un charmant jeune homme », l'aidait à travailler ses mouvements du bassin. J'ai décidé d'omettre ce détail dans le rapport que je ferais à papa.

Les derniers mots de maman ont été : « À samedi ! »

Oups ! Et le festival ? J'étais bel et bien prise la main dans le sac.

J'ai décidé d'y aller quand même. Après tout, si maman prenait des vacances aux Antilles, j'avais bien le droit de vivre ma vie, non ?

Gemma Smith

Moins d'une semaine, moins d'une semaine, moins d'une semaine !!!!!!!!!!! Devine quoi ! C'est dans MOINS D'UNE SEMAINE ! Dans sept jours exactement, tu seras à ton festival et je serai aux jeux des Highlands avec des millions de jeunes Écossais bien musclés. Il ne nous reste plus qu'à prier pour ne pas avoir une poussée de boutons géants. Je tricote des écharpes comme une malade. Elles ne sont pas mal du tout, si je puis me permettre. Maman est super fière de moi. Elle dit que j'aurais été une vraie femme d'affaires au bon vieux temps, avec ma petite « activité artisanale ». C'est déjà ça de savoir que je serais capable de survivre par mes propres moyens. Non mais tu m'entends ??!!

Sam Wallis

J'ai trop hâte ! Je suis aussi excitée que toi en pensant au week-end prochain. Je viens de filer à la salle de bains pour un contrôle spécial boutons, RAS pour l'instant. Au fait, devine quoi ? Cat et Ryan sont au cinéma ENSEMBLE.

Gemma Smith

Non ! Shocking, le plan cinéma entre le frère et la copine ! Tu n'aurais pas eu besoin de t'inquiéter de ça avec moi, il n'est pas du tout mon genre. Elle, c'est peut-être une bombe et une chanteuse super cool et tout... mais si elle craque pour ton frère, il y a clairement un truc qui cloche chez elle. Ha ha ha ha ha ha ha ha !

Ah, j'oubliais : ne te fais SURTOUT PAS un masque de beauté ! Ça ferait sortir tes boutons au lieu de les arranger. Dans un premier temps, je veux dire.

Sam Wallis

Trop tard. J'en ai un sur la figure en ce moment même. Au moins, maintenant, je sais qu'au festival je serai une éruption de boutons sur pattes. Ravie d'apprendre que Ryan n'est pas ton genre, parce que si tu t'y mettais AUSSI, je devrais vous tuer toutes les deux. Faut que j'aille voir dans sa chambre s'il n'a pas un bouquin du style « Comment hypnotiser les filles pour qu'elles vous trouvent beau alors que vous avez une tête de crapaud ». Il va peut-être me falloir des séances de psy tellement je suis traumatisée par cette histoire. Il se passe quoi d'autre dans ton coin ?

Gemma Smith

Depuis qu'on fait du fromage, la communauté nous a acceptés pour notre contribution à la vie locale. On a encore été invités à une soirée chansons chez Elaine. Et je vais commencer à donner un coup de main au bureau de poste (si on peut appeler ça comme ça). Bon, faut que j'y aille, mes écharpes ne vont pas se finir toutes seules. Tout plein de bisous.

J'ai été déçue que Gem retourne à ses écharpes. C'était sympa de tchatter avec elle.

Je me suis demandé si je serais capable de m'adapter à ce genre de vie. Et j'ai conclu qu'on devait s'habituer à n'importe quoi. Peut-être que tout finit par sembler normal, au bout d'un moment.

En attendant le retour de Ryan et, éventuellement, de Cat, j'ai décidé de m'occuper en réorganisant mes piles de fringues. Ensuite, j'ai eu une longue discussion sur la vie avec Sid, mon singe en tricot. Sid sait très bien écouter. Puis j'ai essayé de me poser du vernis violet avec des rayures noires. Comme ça n'a pas marché, j'ai tout enlevé pour remettre du noir tout bête.

À ce moment-là, j'ai entendu papa qui rentrait. Il va souvent à la boucherie le samedi après-midi pour « veiller au grain ». Toujours énervée par leur méthode de rangement pourrie à Ryan et à lui, j'ai dévalé l'escalier et pointé un doigt accusateur sur la poêle à frire et les autres cochonneries fourrées sous le coussin du canapé.

– C'est sûrement ton frère, m'a dit papa en s'asseyant à l'autre bout du canapé, sans prendre la peine de ranger le bazar. Tiens, tu veux bien mettre la bouilloire à chauffer ?

Il a ouvert son journal et il s'est installé avec un de ses petits grognements de satisfaction.

– Non, ai-je répliqué. Si tu ne peux pas faire le ménage correctement, moi, je ne te fais pas de thé.

Papa a sorti de nulle part un de ses éternels sacs en plastique rouges à rayures. Il était rempli de saucisses.

– Donc, j'imagine que tu ne veux pas non plus ta part de *ça* ? a-t-il riposté, l'air content de lui.

J'ai poussé un gros soupir.

– Parce que tu crois qu'il suffit que tu débarques avec des saucisses ou une côte de porc pour que maman et moi, on soit à ton service, comme si tu étais l'empereur de… de… l'Empereur de la saucisse ! On en a ras-le-bol ! Pas étonnant que maman soit partie. Elle en avait marre d'être ton esclave ! Parce qu'elle aussi, elle travaille ! Et moi, j'ai cours toute la journée ! T'es pas le seul à être fatigué et à avoir envie de te reposer !

Je me suis retournée pour monter dans ma chambre, mais le passage était bloqué par Cat et Ryan qui se tenaient à la porte de la cuisine. D'après leurs sourires, ils avaient dû m'entendre appeler papa « l'empereur de la Saucisse ». Il faut avouer que ce nouveau nom lui allait très bien.

SAM WALLIS
trouve que fourrer les chaussettes, les cartons à pizza et les poêles à frire sous les coussins du canapé, ça n'est PAS ce qu'on appelle faire le ménage.

» **Gemma Smith, Hannah Kermack** et **Darcie Clelland**
» **Hannah Kermack** LOL.
» **Tania Hamilton** Calme-toi. T'as des TOC, ou quoi ?

12

Après cet épisode, Cat m'a invitée chez elle pour boire un thé et assister à une répétition de Mister Bleaney.

En repartant, elle a lancé un « à plus » nonchalant à Ryan par-dessus son épaule. Il a eu l'air légèrement dégoûté et j'ai presque eu pitié de lui pendant un (court) instant.

La mère de Cat portait une salopette barbouillée de peinture et elle en avait jusque dans les cheveux. Elle nous a laissées monter au grenier pour voir sa dernière œuvre, une toile immense qui représentait trois montagnes rouges, une silhouette qui ressemblait à celle d'un cerf et un croissant de lune bleu sur fond de ciel jaune, avec un rayon de lune blanc qui illuminait le paysage.

– C'est magnifique ! me suis-je exclamée. Et c'est gigantesque !

– C'est une commande pour l'entrée d'un immeuble de bureaux londonien, m'a expliqué Eileen. J'espère que ça leur plaira autant qu'à toi.

– C'est sûr et certain ! ai-je affirmé.

Après le dîner – quiche-salade, le rêve après les trucs que nous servait papa –, comme il faisait doux, on est allées s'asseoir dans le jardin en attendant l'arrivée du groupe.

Maintenant que j'étais au courant du problème d'alcoolisme d'Eileen, je la voyais autrement. C'est facile de se dire que les adultes maîtrisent la situation et qu'ils sont infaillibles. Mais ce n'était visiblement pas son cas. Elle était guérie, mais elle avait été détruite.

À la façon dont Cat et sa mère se comportaient l'une avec l'autre, je voyais bien qu'elles n'avaient pas une relation mère-fille classique. Leur passé était trop lourd. Maintenant, je comprenais mieux les tensions entre elles.

– Comment ça va, ta mère ? m'a demandé Eileen. C'est quoi, cette histoire de croisière ?

Je suis devenue écarlate, parce que j'étais sûre que Cat lui avait répété ma version légèrement exagérée des disputes de papa et maman.

– Oh. En fait, elle est partie avec notre voisine.

– Je suis désolée que ça se passe mal, a-t-elle déclaré.

Donc, Cat lui avait raconté l'histoire du faux-filet volant à travers la cuisine. Oups. Je commençais à me rendre compte que c'est vrai, ce qu'on dit : nos mensonges ont tendance à revenir nous hanter.

– Alors, tu es pressée d'aller à Plastic Moon ? a-t-elle repris. Moi j'ai vraiment hâte d'y être !

– Oui, moi aussi, ai-je répondu. Merci de m'emmener avec vous !

Elle m'a souri.

– Ça me fait plaisir. J'appellerai ton père pour qu'on s'organise.

Encore une fois, j'ai piqué un fard. Catastrophe. Je n'en avais même pas parlé à papa. J'avais juste prévu de lui raconter que je dormais chez Cat.

Pourquoi fallait-il que tout soit si compliqué ?

Quand sa mère est retournée peindre au grenier, j'ai avoué à Cat que papa n'était pas au courant pour le festival.

– Je n'ai plus une seule chance d'y aller, maintenant, me suis-je lamentée. Je n'ai même pas envie de rentrer chez moi tellement il me tape sur les nerfs. Il ne manquerait plus que ça que je doive lui demander la permission.

– J'ai une idée, m'a annoncé Cat.

Elle a appelé chez moi et, à ma grande surprise, a demandé à parler à Ryan. En attendant que papa le lui passe, elle m'a décoché un clin d'œil.

– Salut, Ryan, l'ai-je entendue dire à mon frère. Écoute, j'ai un service à te demander. Sam voudrait aller à Plastic Moon le week-end prochain, mais elle a peur que ton père dise non. Tu crois que tu pourrais le convaincre ?

Il y a eu un silence pendant qu'elle écoutait.

– Oui, ça m'a l'air pas mal. Tu crois que ça le déciderait ?… OK, à plus.

Elle a raccroché et m'a regardée en levant le pouce en signe de victoire. Je l'ai fixée, incrédule.

– Alors… quoi ? ai-je bégayé.

– Ryan pense que ça va marcher. Le truc, c'est qu'il

faudrait qu'il vienne aussi. À son avis, le seul moyen pour que ton père accepte, c'est qu'il soit là pour te surveiller.

– J'imagine que tu as compris pourquoi il veut venir ? ai-je commenté en secouant la tête.

Cat a eu un petit sourire réjoui.

– Je ne comprends absolument pas ce que tu peux lui trouver, ai-je repris. Sans vouloir te vexer, Ryan est un débile antisocial, insupportable, répugnant, feignasse, un monstre à la Frankenstein à tête de crapaud avec de grands pieds qui puent. Mais ce n'est que mon opinion personnelle.

Cat souriait toujours.

– C'est normal, c'est ton frère. Mais ne t'en fais pas, ça n'est pas sérieux entre nous.

Brusquement, je n'avais plus du tout l'impression qu'on avait treize ans. On aurait dit qu'elle en avait seize et moi onze. J'avais peut-être besoin de grandir un peu, pour coller à ma nouvelle image de fille plus mature.

On a sonné à la porte. C'était JJ, Dan et Niv, prêts à répéter. À mon grand soulagement, ma présence n'a pas paru les déranger. Et je me suis félicitée de ne pas avoir mis de tee-shirt rose cette fois-ci. Je portais mon jean noir avec un tee-shirt violet et mon écharpe noire.

Niv était toujours aussi taciturne, mais Dan est devenu plus bavard au fil de la soirée. Ça m'a permis de le découvrir sous une autre facette. Au début, je l'avais pris pour un rêveur, mais en fait il sait très bien ce qu'il veut, c'est-à-dire travailler dans la musique quoi qu'il arrive.

– Si le groupe ne perce pas, m'a-t-il expliqué, j'essaierai

de vendre mes chansons. Ou alors je me spécialiserai dans la production.

JJ voit davantage la musique comme un loisir ; en tout cas c'est l'impression que j'ai eue. Il serait content que le groupe ait du succès, mais sinon il voudrait travailler dans la presse musicale ou faire un métier en rapport avec l'écriture. Ils ont tous l'air de savoir où ils vont, ce qui m'a amenée à me rendre compte que je ne sais pas encore vraiment ce que je veux faire plus tard. J'aurai peut-être les idées plus claires quand j'aurai leur âge.

– Mon frère Ryan joue de la guitare avec un copain, ai-je dit. Mais ils ne font pas partie d'un groupe. Ils parlent souvent d'en monter un, mais ça ne va pas plus loin.

– Il y a des tas de gens qui ne jouent jamais ailleurs que dans leur chambre, a observé Dan. Il n'y a pas de mal à ça. Le principal, c'est de jouer. La musique, ça nourrit l'âme.

J'ai bien aimé cette idée, que la musique nourrit l'âme, et j'ai réalisé que Cat, Ryan et David en faisaient tous les trois. Du coup, je me suis dit que je devrais peut-être apprendre à jouer de quelque chose pour ne pas rester sur la touche.

– Moi, je ne sais jouer d'aucun instrument, ai-je dit. Lequel je devrais choisir ?

– Le trombone, a décrété Niv tout à trac.

C'était trop drôle ; lui qui n'avait pas ouvert la bouche de toute la soirée, il se réveillait tout à coup avec son histoire de trombone. On était tous morts de rire. Évidemment, je riais encore bien après que les autres avaient arrêté.

– Le triangle ? a suggéré Cat.

– Et pourquoi pas le tambourin ? a ajouté JJ.

– Non, pas le tambourin, a objecté Dan. Pas son style. Elle devrait jouer de l'harmonica. Ça pourrait servir, dans le groupe, un harmoniciste.

– D'accord, ai-je tranché. Je vais apprendre à jouer de l'harmonica.

Il faut reconnaître que, jusqu'ici, je n'avais jamais manifesté le moindre don pour la musique. Je ne savais pas chanter et je n'avais jamais été fichue de tirer une note juste d'un instrument.

Et alors ? Pourquoi ça m'aurait empêchée d'essayer ?

Après la répétition, JJ m'a raccompagnée, parce que j'habitais sur son chemin pour se rendre chez sa copine du moment.

– Comme ça, ai-je dit du ton le plus détaché possible, tu connais David Matthieson…

JJ m'a regardée en se marrant. C'est un malin. J'aurais dû me douter qu'il comprendrait tout de suite.

– Sa mère est une cousine de mon père, donc on est cousins au second degré. Il est sympa, et c'est un super parolier. Il a écrit des chansons sur la musique de Dan.

– Oui, Cat m'en a parlé.

– Alors comme ça, il te plaît ? m'a demandé JJ d'un air taquin.

J'ai rougi jusqu'à la racine des cheveux tellement j'étais gênée.

– S'il te plaît, garde ça pour toi, l'ai-je supplié.

– Qu'est-ce que tu me donnes en échange ?

– Je te laisse la vie sauve.

– Ça marche, m'a-t-il répondu en posant un doigt sur ses lèvres. Je serai muet comme une carpe. Mais c'est drôle, je croyais que David et Cat sortaient ensemble. Comme quoi, tout le monde peut se tromper.

Ce soir-là, je me suis couchée en ruminant la remarque de JJ. Il croyait qu'ils étaient ensemble. Donc, je n'étais pas la seule à penser qu'il y avait un truc entre eux.

Je me suis demandé combien de personnes allaient encore découvrir que j'étais amoureuse de David Matthieson. Gemma, Cat, Taylor, et maintenant JJ étaient au courant. Au point où j'en étais, je n'avais plus qu'à le clamer sur Facebook.

Au moins, ai-je songé, Tania Hamilton ne le sait pas. Parce que ça, ça serait vraiment l'horreur.

Le lendemain à midi, j'ai trouvé papa en train de préparer le repas dans une cuisine à peu près rangée. Ça m'a paru louche. Je suis allée soulever les coussins du canapé : pas de vaisselle sale – ce qui m'a un peu rassurée.

– Qui est-ce qui vient manger ? ai-je demandé à papa.

– Personne.

– Ben alors, pourquoi tu cuisines ?

J'étais perplexe.

– Parce que c'est ce que font les gens civilisés le dimanche, m'a-t-il répliqué en ouvrant la porte du four.

Un délicieux arôme de poulet rôti a envahi la pièce.

Je suis remontée à l'étage et je me suis arrêtée net en passant devant la salle de bains. Ryan était là, équipé de gants en caoutchouc, une bouteille de produit à récurer dans une main et la brosse des toilettes dans l'autre. Comme il ne m'avait pas vue, je suis repartie sur la pointe des pieds, de peur qu'il ne m'oblige à le faire à sa place.

De retour dans ma chambre, j'ai passé un moment allongée sur mon lit, les yeux au plafond, à me demander si j'étais en train de rêver – un rêve tendance réaliste. J'allais sûrement me réveiller et retrouver papa et Ryan dans leur état normal.

Mais non, je ne rêvais pas. On a pris le repas du dimanche à table, tous les trois ensemble. Bon, c'était le niveau zéro de la conversation et on n'entendait que des bruits de mastication vorace, mais il ne faut pas non plus trop en demander.

J'ai failli proposer de faire la vaisselle, avant de me rappeler l'avertissement de maman. Alors on a débarrassé tous les trois.

Après le repas, je suis allée au haras prévenir Sheila que je ne pourrais pas venir l'aider le week-end suivant. Quand je suis arrivée, elle traversait la cour en boitant d'un air bougon, ce que je pouvais comprendre. Moi aussi, j'aurais été bougonne avec une jambe dans le plâtre.

– Et qu'est-ce qu'on fait, dans un festival ? m'a-t-elle demandé.

Comme si elle ne le savait pas. Elle me fait bien rire ; c'est sa génération qui a inventé les festivals !

– Globalement, on écoute de la musique, ai-je expliqué. Les gens vont voir des groupes jouer.

Ma définition pourtant parfaitement raisonnable m'a eu l'air bancale sous le regard perçant de Sheila.

– Tu as quelque chose de changé, a-t-elle observé.

J'avais un tee-shirt violet avec une tête de mort argentée, mon slim noir et des bottines, et je n'avais pas enlevé mon vernis. Sans parler de l'eye-liner et de la couche de mascara. Sheila me voyait généralement sans maquillage et habillée dans mes vêtements pourris spécial nettoyage des écuries. C'est sûr que ça devait me changer.

– C'est quoi, le problème, avec mes vêtements ? ai-je demandé, légèrement sur la défensive.

– Il n'y a pas de problème, m'a répondu Sheila, sauf que ça n'est pas toi. On dirait quelqu'un d'autre.

Sheila est quelqu'un de très direct qui dit les choses comme elle les pense. Mais aujourd'hui, je n'étais pas d'humeur. Je me suis sentie vaguement jugée, même si je suis sûre qu'en réalité ce n'était pas le cas.

– Faut que j'y aille, ai-je déclaré d'un ton brusque.

– Une tasse de thé ? m'a-t-elle proposé.

– Non merci.

Je me suis retournée et je suis partie. Après sa remarque, je n'avais plus du tout envie de bavarder avec elle.

Je suis rentrée chez moi à vélo en me disant que j'étais ridicule de me soucier de ce que Sheila pensait de mon look. Si elle trouvait qu'un truc était moche, on pouvait probablement en conclure qu'il était parfait.

Le lundi au déjeuner, David est entré dans le self et s'est dirigé droit sur notre table. J'étais super étonnée, jusqu'à ce que je me souvienne qu'il était exclu du CDI pour toute la semaine. Cat lui avait peut-être parlé, comme elle me l'avait proposé. Je me suis sentie rosir en le voyant approcher.

– Salut, m' a-t-il lancé. Je peux m'asseoir avec vous ?

J'ai dit oui, bien sûr, et il s'est installé.

– Salut, Cat !

– Salut, a-t-elle répondu d'un ton nonchalant.

– On est ensemble en anglais, a rappelé David à Taylor. Salut, moi, c'est David.

Taylor m'a regardé d'un air lourd de sous-entendus. Franchement, il n'aurait pas pu la jouer subtil, pour une fois ?

David a ouvert un sac en papier kraft dont il a tiré un sandwich fromage-laitue, une pomme et une boisson.

– Je vous souhaite bonne chère, messire, a déclaré Taylor, qui avait déjà englouti la moitié d'un énorme paquet de chips.

« Génial, ai-je songé. David vient déjeuner avec nous au self et Taylor recommence à parler comme un débile. » Je lui ai balancé un coup de pied sous la table en le fusillant du regard.

– J'économise l'argent de mon déjeuner pour m'acheter un nouveau clavier, nous a expliqué David.

– Tu sais que David a écrit des paroles de chansons pour

Mister Bleaney, ai-je dit à Taylor, avant de me mordre la lèvre.

Je me serais bien balancé des coups de pied à moi-même. Maintenant, David savait que j'essayais d'apprendre des trucs sur lui.

– Ouah ! Trop cool ! a lancé Taylor, sincèrement impressionné.

– Au fait, David, est intervenue Cat, Ryan, le frère de Sam, fait aussi de la musique. Tu devrais le rencontrer.

– Oui, pourquoi pas ? lui a-t-il répondu en souriant.

J'ai bien vu que Cat faisait de son mieux pour m'aider en essayant d'attirer David chez moi. Mais j'ai aussi remarqué que c'était à elle qu'il souriait. Il existait clairement un lien entre eux.

J'ai eu un pincement au cœur. Ce que je devais être bête pour imaginer une minute qu'un garçon pouvait me préférer à Cat.

– Je dois y aller, ai-je dit en me levant. J'ai des devoirs à finir.

– Quels devoirs ? a demandé Taylor d'un air inquiet, vu qu'il avait des tas de cours en commun avec moi.

Mais j'étais déjà partie. J'ai quitté le self à toute vitesse et filé aux toilettes, où je me suis enfermée pour laisser deux grosses larmes couler sur mes joues.

Ça ne me ressemble pas du tout de m'apitoyer sur mon sort. En m'essuyant les yeux avec du papier toilette, j'ai décidé que j'étais ridicule. Il fallait que j'arrête ça tout de suite.

À la sonnerie, alors que je ressortais discrètement pour me rendre au labo de chimie, je suis tombée sur David dans le couloir. Ce qu'on appelle un timing raté.

– Ça va ? m'a-t-il demandé d'un air inquiet.

Puis il m'a regardée plus attentivement et il a dû repérer les deux jolies poches rouges que j'avais sous les yeux.

– Tu as pleuré ?

– C'est bon, tout va bien, ai-je éludé.

– Tu as le droit de pleurer. Après tout, ta mère est partie.

Il m'a tapoté le dos avant de glisser un bras autour de mes épaules et de me serrer brièvement contre lui. J'ai cru que j'allais m'évanouir.

– Tu as vu le psy du collège ?

– Je vais y réfléchir.

J'ai commencé à me diriger vers le labo de chimie et il m'a suivie, alors que j'étais quasi sûre qu'il avait cours dans la direction opposée. Devant la porte, il m'a redemandé si j'étais sûre que ça allait.

– Merci, ai-je répondu. Ça va aller, je t'assure.

– Tu peux venir me parler quand tu veux, a-t-il conclu en me regardant dans les yeux, avant de s'éloigner dans le couloir.

J'étais cramoisie en entrant dans le labo. Darcie avait déjà commencé à réaliser l'expérience, qui impliquait des tubes à essai, des cristaux bleus et un flacon de je ne sais quel liquide.

– Qu'est-ce qui t'arrive ? a-t-elle demandé.

– Je ne sais pas.

Je sentais encore le bras de David sur mes épaules. Je sentais encore son regard sur moi.

Darcie m'a regardée d'un air dubitatif.

– Comment ça, tu ne sais pas ?

J'ai secoué la tête.

Elle m'a tendu une paire de lunettes de protection.

– Bon ben, essaie au moins de faire semblant de m'aider, a-t-elle repris. Franchement, Sam, je te trouve bizarre en ce moment.

SAM WALLIS
aime la peinture d'Eileen Malloy.

» **Penny Griffiths** a consulté son site, très intéressant. Malheureusement, ses tableaux n'iraient pas avec notre ensemble fauteuils-canapé ni avec nos rideaux couleur pêche.

» **Sam Wallis** C'est pas grave, tante P.

» **Darcie Clelland** Eileen Malloy, c'est la mère de Cat ?

» **Sam Wallis** Oui.

» **Hannah Kermack** J'adore ce qu'elle fait !

» **Gemma Smith** Moi aussi.

» **Tania Hamilton** Quelles croûtes !

» **Angela Murray** Parfaitement d'accord, c'est nul.

[illegible]

– Comment [illegible] ?

aime la peinture d'[illegible]

» [illegible]
[illegible]
[illegible]
[illegible]
» [illegible]
[illegible]
[illegible]
» [illegible]
» [illegible]
» [illegible]
» [illegible], c'est nul

13

Pendant toute la semaine, David est venu déjeuner avec Cat, Taylor et moi. Cat – en mode entremetteuse – n'a pas arrêté de me mettre en avant, en disant des trucs du genre « Sam monte très bien à cheval », ou « Sam est dans l'équipe d'athlétisme ».

David hochait poliment la tête, mais, pour changer, ses sourires les plus chaleureux étaient réservés à Cat. De temps en temps, un petit incident me redonnait espoir. Comme la fois où il nous a fait tout un sketch sur le fait qu'il aimait les pandas, en me jetant des coups d'œil comme si c'était une blague entre nous.

Mais ensuite, ils se plongeaient tous les deux dans des souvenirs de trucs qu'ils avaient fait ensemble ou avec le groupe. Et là, je me sentais totalement en dehors du coup, certaine que le lien qui existait entre eux était plus fort, plus sérieux que de l'amitié, même s'ils ne le savaient pas eux-mêmes.

En bref, je n'y comprenais plus rien. J'ai fini par me détendre et par réussir à mettre de côté le fait que je flashais à mort sur lui. J'ai commencé à me dire que Cat avait raison : je devais juste essayer de devenir amie avec lui, et tant mieux si ça débouchait sur autre chose. Autrement dit, j'ai commencé à redevenir moi-même. On a parlé musique, et j'ai dit en blaguant que j'allais me mettre à l'harmonica.

– J'en ai un vieux que je peux te passer, m'a dit David.

Il a tenu parole en me l'apportant dès le lendemain. Comme il se doit, je suis devenue cramoisie quand il me l'a tendu. Je n'ai pas pu m'empêcher de penser que, si j'en jouais, je poserais mes lèvres là où il avait posé les siennes et que ce serait un peu comme un baiser.

Totalement pathétique.

Le jeudi à midi, Hannah et Darcie ont déjeuné avec nous. Taylor, au sommet de sa forme, nous a divertis en rejouant sa publicité pour Puffy-Wheats. J'ai cru qu'Hannah allait s'étrangler de rire.

– Tu crois que tu vas ressortir avec Ryan ? ai-je demandé à Cat, innocemment.

Elle a haussé les épaules.

– De toute façon, il sera au festival, non ? m'a-t-elle répondu.

J'étais sûre que David avait entendu, mais il n'a pas réagi. En tout cas, il n'a manifesté aucun signe de surprise ni de jalousie. Je me suis dit que je n'avais peut-être pas été assez claire sur le fait que Cat et Ryan avaient eu un rencard.

Et pourtant si, parce que Taylor a pressé une main sur son cœur en mimant un soupirant au cœur brisé.

– Promets-moi… *promets-moi* que tu ne vois pas un autre homme ! a-t-il imploré Cat.

– J'ai bien peur que si, a-t-elle répliqué en riant.

Taylor a porté la main à son front.

– Tu me condamnes à mourir dans la solitude ! s'est-il écrié, assez fort pour être entendu à l'autre bout du self.

Il était tellement comique qu'on était tous pliés de rire. J'ai regardé du côté de Tania, qui avait l'air plus en rogne que jamais. Elle ne supportait pas de voir un groupe d'élèves rigoler sans qu'elle y soit pour quelque chose.

Le soir, j'ai reçu un message de Gemma, qui était de plus en plus excitée.

Gemma Smith

Dans moins de deux jours, des bateaux vont arriver… en amenant des centaines de gens, dont tout plein de garçons ! Shona et Elaine ont laissé tomber le look bordeaux et se sont teintes en blond, et Shona s'est acheté des faux cils, sur lesquels j'ai un petit doute. On dirait qu'elle a deux grosses araignées qui campent sous ses sourcils. Personnellement, je préfère m'abstenir. En revanche, j'ai commencé à mettre du mascara allongeant, et je crois que ma technique est au point. Il y a six fanfares qui doivent défiler. À ce que j'ai compris, elles se mettent en rangs et défilent chacune leur tour. On les juge sur plusieurs critères : leur qualité musicale, leur manière de défiler, leurs costumes, tout ça. Je suis sûre que c'était très intéressant avant qu'on invente la télé. Moi, ce qui m'intéresse surtout, c'est la soirée sur la plage, qui peut tourner au délire,

apparemment. Mes parents ne sont pas au courant du côté « délire » et pensent que je vais me tenir bien sage avec Shona et Elaine, qu'ils ont toujours vues en train de tricoter. S'ils savaient, hi hi !

Sam Wallis

La soirée sur la plage a l'air géniale. J'espère que tu vas bien t'amuser.

Je dors chez Cat demain soir et on part en minibus le lendemain matin avec le groupe (c'est pas TOP, ça ?). Le seul point noir, c'est que Ryan vient aussi (bouh !). Je partagerai la tente de Cat. À tous les coups, je vais ronfler comme un rhinocéros et tout le festival va m'entendre.

À propos d'ADMV, Cat essaie de m'aider au maximum, mais je pense qu'il craque pour elle. Voyons les choses en face, quand il s'occupe de moi, c'est par compassion. Mais pas question de me lamenter. J'ai le festival, quand même.

POURQUOI tu as remplacé ta photo de profil sur Facebook par une photo de vache des Highlands ? Ça y est, tu as définitivement perdu la boule ?

Gemma Smith

Oh, ça fait un bout de temps.

Désolée qu'ADTV craque pour Cat. Promets-moi que tu ne vas pas déprimer. Regarde autour de toi et oublie-le.

Et désolée pour Cat aussi, parce que c'est vrai que tu ronfles... mais je dirais plutôt comme un buffle.

Sam Wallis

Je te remercie, grâce à toi, je vais me sentir super sûre de moi !! En ce qui concerne ADMV, je t'assure que ça va. Tu sais ce qu'on dit : un de perdu, dix de retrouvés.

Gemma Smith

Ravie d'entendre que tu ne penses plus à ADTV. J'ai tricoté des tonnes d'écharpes à vendre. Entre ça et la fabrication des fromages, je suis tellement bien vue par maman qu'elle sera sûrement d'accord pour que je dorme chez toi quand on reviendra cet été.

Sam Wallis

J'ai trop hâte de te voir. Il faudra que tu me racontes en direct tout ce que tu trafiques là-bas.

BONNE CHANCE pour le week-end. Faut que je te laisse, je dois me mettre du vernis.

Gemma Smith

Amuse-toi bien ! On se reparle bientôt. Et essaie d'éviter les catastrophes, pour une fois !

Elle était quand même gonflée ! « Essaie d'éviter les catastrophes », non mais ! Très bien, j'allais nous prouver, à elle et à moi, combien je pouvais être mature. Autant que Cat.

Le vendredi, j'avais du mal à me concentrer en cours. Ma seule pensée était que j'allais dormir chez Cat et qu'ensuite, tôt le lendemain matin, on partirait pour le festival. Après les cours, j'ai foncé à la maison préparer mon sac.

J'étais sur le point de ressortir quand le coup de téléphone est tombé. Papa a décroché, et il a d'abord paru content d'entendre maman.

– Salut, Julie, a-t-il dit. Tu es où ? Tu reviens quand ?

Puis il a changé de tête, et j'ai compris qu'un truc clochait.

– Une semaine de *plus* ? a-t-il crachoté. Et on peut savoir sur quel congé tu vas prendre ça ?

L'air furibard, il a emporté le téléphone dans la cuisine, probablement pour qu'on ne l'entende pas hurler.

Au bout de cinq minutes, il est revenu au salon, toujours au téléphone. Il n'avait plus l'air en colère ; il avait l'air inquiet.

– Je vois. C'est très gentil de leur part… Non, nous, ça va aller. Si c'est ce que tu veux…

Je ne comprenais pas pourquoi il était aussi calme, tout à coup.

– Tu nous manques, a-t-il conclu. À tous les trois. Tu nous manques beaucoup à tous. Je t'embrasse.

Il a raccroché et s'est assis dans le canapé, la tête entre les mains.

– Papa, qu'est-ce qui se passe ? lui ai-je demandé.

Même Ryan paraissait alarmé.

Papa s'est frotté le visage et il a relevé la tête en essayant de sourire.

– Votre mère ne rentre pas ce week-end. Elles prennent une semaine de plus parce qu'on leur a proposé un rabais…

Ce n'était pas normal qu'elle saute sur la première occasion pour prolonger son absence. Il y avait peut-être vraiment un problème entre elle et papa.

– Pourquoi elle fait ça ? s'est écrié Ryan, indigné.

– Votre mère n'était pas en forme ces derniers temps,

nous a expliqué papa. À cause de toutes ces heures et ces gardes supplémentaires qu'on lui a imposées au travail. Elle vient de m'avouer qu'elle était en arrêt de travail pour un mois pour cause de stress. Et je n'étais même pas au courant !

Il avait l'air chamboulé.

– J'aurais dû faire plus attention à elle. Je savais qu'elle était surmenée, mais je ne m'étais pas rendu compte à quel point.

– Tu veux que je reste ce week-end ? lui ai-je proposé.

Ça n'était vraiment pas sympa de le laisser comme ça.

– Non, va t'amuser. Ne t'inquiète pas pour moi, ça va.

– Je suis sûre que maman se sentira mieux après ses vacances, ai-je dit en lui tapotant l'épaule. C'est juste une semaine.

En pédalant pour aller chez Cat, je me suis rassurée en pensant qu'au moins Ryan ne partait que le lendemain matin. Mais j'avais de la peine pour papa. Il avait eu l'air tellement déçu que maman ne rentre pas tout de suite, et choqué de découvrir qu'il n'avait pas senti son niveau de stress ! Je ne reconnaissais plus le papa exubérant, enjoué et bruyant auquel j'étais habituée.

SAM WALLIS
espère que Gemma va profiter de son week-end !!!

» **Gemma Smith** Pareil pour toi !
» **Tania Hamilton** espère ne pas tomber sur un panda à Plastic Moon.

14

J'ai découvert le message de Tania en me connectant à Facebook chez Cat. Elle m'avait envoyé des piques toute la semaine, mais là, elle dépassait les bornes.

– C'est trop minable, a commenté Cat en le lisant.

– La seule réaction intelligente, ai-je dit, c'est de l'ignorer.

À neuf heures, le minibus est arrivé. Notre chauffeur était le père de JJ, un joyeux drille un peu dans le style de papa. Je me suis retrouvée assise entre JJ et le silencieux Niv.

– C'est ton premier festival ? m'a demandé JJ.

Franchement, c'était écrit sur ma figure, ou quoi ? J'aurais préféré que non.

– Ouais, ai-je répondu évasivement.

– Tu es au courant pour les toilettes sèches ? m'a lancé Dan.

Je me suis retournée vers lui pour voir s'il me menait en bateau.

– C'est une blague ?

– J'ai bien peur que non, m'a confirmé la mère de Cat. Le festival Plastic Moon est une manifestation écolo. Mais ne t'inquiète pas, on s'habitue très vite.

– Une fois qu'on s'est habitué à l'odeur ! a complété Dan en se marrant.

Tout à coup, j'ai commencé à me poser des questions sur le week-end. Personne ne m'avait parlé de toilettes sèches. Qu'est-ce que j'ignorais d'autre ?

Niv n'a pas ouvert la bouche. C'est JJ qui m'a fait la conversation, à propos du groupe et de sa famille. On a pu comparer nos points de vue sur le fait d'avoir un père qui aime bien faire l'animateur. Il m'a aussi raconté des histoires drôles sur des filles avec qui il était sorti. Et apparemment, il y en avait beaucoup, ce qui ne m'a pas tellement étonnée vu ses manières de charmeur décontracté.

– J'y peux rien ! s'est-il défendu quand Cat l'a grondé sur ses exploits. Je ne suis pas l'homme d'une seule femme !

Au bout d'une heure, on s'est arrêtés dans une station-service. J'avais donné à Cat l'argent de mon ticket, mais il me restait encore un paquet de fric de la liasse laissée par maman dans mon tiroir à chaussettes. J'en ai profité pour m'acheter une barre chocolatée, une pomme (pour la santé), des chips et une canette de Coca. De retour dans le bus, JJ et Niv n'ont pas arrêté de m'en réclamer, ce qui m'a évité de me bâfrer.

Niv a dû décider que j'étais sympa d'avoir partagé avec lui, parce qu'après il s'est mis à me parler. J'étais là, dans un minibus, avec un vrai groupe de rock en route pour un vrai festival, en bavardant avec un mec de dix-huit ans qui portait des tatouages. J'aurais voulu que Gemma me voie.

La mère de Cat, assise à l'avant, lisait le journal et papotait avec le père de JJ tandis que Ryan était en grande conversation avec Cat depuis le début du voyage. J'ai songé qu'il avait déjà dû lui raconter plus de choses qu'à toute sa famille en un an.

Après une heure de plus à travers la campagne, on est arrivés. Le nez collé à la vitre, je voyais des hordes de gens, tous chaussés de bottes en caoutchouc malgré le temps ensoleillé, à cause de la « boue du festival ». J'étais contente d'avoir pris les miennes, mais un peu moins qu'elles soient jaune vif à pois verts, ce qui ne collait pas trop avec ma nouvelle image de fille mature.

On a garé le minibus sur le parking et on a planté nos tentes dans un champ. Ou, plus exactement, Cat et sa mère ont monté notre tente à Cat et à moi, en deux coups de marteau. Finalement, cette histoire de camping ne s'annonçait pas si mal. Ça avait l'air facile.

– Je crois que je vais aller explorer les environs, ai-je annoncé.

– D'accord, m'a répondu la mère de Cat d'un ton léger, en versant de l'eau chaude sur des sachets de thé dans des tasses. Amuse-toi bien !

En me baladant sur le site pour me repérer, je scrutais les milliers de visages que je croisais en espérant apercevoir David. Je savais que ça revenait à chercher une aiguille dans une meule de foin, en plus du fait que c'était idiot s'il préférait Cat, mais c'était plus fort que moi.

Il y avait des gens coiffés de chapeaux de bouffon et d'autres avec des fleurs dans les cheveux. Il y avait des gens perchés sur des échasses, des jongleurs et des cracheurs de feu. Il y avait des danseurs folkloriques, d'autres qui portaient des perruques multicolores, des statues humaines à la peau couverte de peinture argentée et tout un groupe de filles habillées en fée. Il y avait aussi des tonnes de gens normaux, qui faisaient la queue aux stands de sandwiches ou qui se promenaient comme moi en observant tout ça. Mais il n'y avait aucune trace de David, et ça m'énervait de continuer à le chercher malgré moi.

J'ai repéré la scène principale, celle où devaient jouer les groupes les plus connus. Elle était assez impressionnante. Je savais que Mister Bleaney jouait dans ce qu'ils appelaient « Tente des nouveaux talents », destinée aux jeunes groupes qui essayaient de se faire remarquer. Cat m'avait prévenue qu'ils n'attireraient pas les foules, mais c'était quand même un début. Ils jouaient dans beaucoup de concerts locaux, mais c'était leur premier festival et ils étaient assez tendus.

En regardant le programme imprimé au dos du plan, j'ai vu que Mister Bleaney passait à 21 h 30, ce qui était une bonne heure. Les gens auraient eu le temps de se mettre dans l'ambiance. En plus, le groupe qui passait à cette heure-là sur la scène principale n'était pas du tout du même style et n'intéresserait pas le même public.

Je me suis encore promenée une demi-heure, en mangeant de la barbe à papa et en vérifiant mes messages, avant de retourner vers le champ. J'étais en train de me féliciter de mes talents de navigatrice quand, de loin, j'ai vu David en train de boire le thé avec Cat et sa mère !

Incroyable. Je venais de le chercher pendant presque une heure et il était *là* ! Je me suis approchée en sautillant avec l'air le plus détaché possible.

– Salut ! ai-je lancé.

Ils ont sursauté tous les trois. Ils étaient tellement plongés dans leur conversation qu'ils ne m'avaient pas vue arriver.

– Salut, Sam ! m'a répondu David. Sympa, tes bottes. Très… colorées. J'ai bien fait de prendre mes lunettes de soleil !

Il s'est marré et je n'ai pas pu m'empêcher de sourire.

– Tu veux du thé ? m'a proposé Cat.

– Non, merci. Je passais juste prendre mon appareil photo. J'ai envie d'aller faire un tour dans le champ des sculptures.

C'était faux, et pour l'appareil photo, et pour les sculptures. Mais je n'avais aucune envie de rester là à le regarder discuter avec Cat.

– Je peux venir ? m'a-t-il demandé.

Ça m'a sciée. J'aurais parié qu'il préférerait rester avec elle.

– Euh, OK, ai-je répondu le plus naturellement possible, et de préférence pas sur le ton d'enthousiasme hystérique qui correspondait à ce que je ressentais.

– Cat, tu viens avec nous ?

– Non, m'a-t-elle répondu avec un petit sourire entendu. Amusez-vous bien !

J'ai songé que Cat était une vraie amie ; prête à rester avec sa mère pour me donner une chance d'être seule avec David.

On a marché en silence jusqu'au champ des sculptures. Je me creusais la tête pour trouver quoi dire, mais je ne pensais qu'à des trucs idiots. Je ne voulais pas montrer à quel point toute cette histoire de festival était nouvelle pour moi.

Ensuite, je me suis demandé si je pouvais considérer qu'il s'agissait d'un rencard. David avait proposé de me suivre sur un ton plutôt décontracté. En même temps, rien ne l'y forçait, il aurait pu rester avec Cat. La question était de savoir s'il venait pour moi ou pour les sculptures. Dans nos discussions, au self, j'avais appris qu'il s'intéressait à l'art et qu'il envisageait même de faire des études dans ce domaine. Donc il était peut-être là pour les sculptures.

Le fait de ne pas savoir si c'était un rencard, ça m'embrouillait complètement.

Par sécurité, j'ai fini par décider que c'en était un. Autrement, je risquais de rater ma chance. Je devais essayer de repérer les signaux, pour avoir les bonnes réactions.

J'ai lu quelque part que quatre-vingt-dix pour cent de la communication est non verbale. Apparemment, on peut voir si on plaît à quelqu'un rien qu'en regardant si ses pieds sont dirigés vers nous ou pas. J'ai décidé de surveiller les siens et de faire attention à bien pointer les miens vers lui, dans mes bottes jaunes à pois verts. À certains moments, ça me donnait une démarche un peu bizarre.

Et évidemment, j'ai fait ma petite liste de Plus et de Moins sur le fait de prendre ça pour un rencard.

Plus

- Je peux rester optimiste. Il y a encore de l'espoir.
- Je peux toujours voir ça comme une chance de m'entraîner pour quand j'aurai un rencard officiel.

Moins

- Danger d'avoir un comportement à côté de la plaque et de passer pour une idiote.

Le champ des sculptures était génial. Dans un coin, il y avait des statues en pierre qui venaient directement d'Afrique.

Ma préférée représentait une mère qui portait son bébé, avec la tête baissée et des bras super allongés qui formaient un cercle.

– J'ADORE celle-là ! me suis-je exclamée avec enthousiasme en la montrant du doigt.

J'ai tout de suite regretté : et s'il s'imaginait que je disais ça parce que je rêvais de faire un bébé avec lui ? Je suis devenue écarlate.

– Elle est super, a-t-il approuvé. Je trouve aussi que c'est l'une des plus belles.

Il y avait une section appelée « Coin créatif », où on

pouvait réaliser sa propre sculpture avec des gros blocs d'argile. Les œuvres étaient exposées sur des tables.

– Tu veux essayer ? m'a proposé David.

J'ai bien vu que ça le tentait.

– D'accord.

Ils avaient eu la bonne idée de proposer des tabliers. Ça tombait bien parce que je ne tenais pas à couvrir mes vêtements noirs de taches d'argile rouge.

Il s'est aussitôt mis à pétrir et à modeler comme s'il savait précisément ce qu'il faisait.

– Tu aimes bien la sculpture, on dirait ? lui ai-je demandé.

– Ouais, j'adore tout ce qui est en volume. Tu sais que Cat déteste tout ce qui est art ?

– Non, ai-je avoué.

J'aurais préféré qu'il ne me parle pas d'elle.

– C'est à cause de sa mère, a-t-il repris. Elle n'a jamais voulu essayer parce qu'elle se dit qu'elle ne sera jamais aussi bonne qu'elle.

– Elle a quand même la musique, ai-je observé.

J'ai regardé le bloc d'argile qu'on m'avait donné, en cherchant ce que je pourrais bien en faire.

J'ai décidé de sculpter Craspouille et je me suis mise au travail. J'ai essayé de le montrer en train de dormir, roulé en boule avec sa queue étirée derrière lui. Ensuite, j'ai modelé sa petite tête en triangle et ses oreilles pointues.

– Regarde, maman ! a crié un petit garçon qui passait avec sa mère. Elle a fait Yoda de Star Wars !

J'ai reformé une boule avec mon bloc d'argile en jetant

un coup d'œil à David. Il était en train de sculpter un arbre génial. C'était fascinant de le regarder travailler, façonner les racines et les branches, étirer l'argile de plus en plus finement pour exécuter les extrémités des branches. En l'observant, je me suis mise à faire rouler machinalement l'argile entre mes mains. J'avais complètement oublié que j'étais censée faire comme lui.

– Ouah, c'est magnifique ! ai-je laissé échapper tandis que l'arbre devenait de plus en plus torturé. On dirait le saule cogneur dans *Harry Potter* !

La sculptrice qui s'occupait du Coin créatif est venue nous voir. C'était la hippie dans toute sa splendeur, avec des dreadlocks qui lui descendaient jusqu'aux fesses, une salopette en batik et un énorme pull qui avait l'air d'être en poil de chien. Très impressionnée par l'arbre de David, elle lui a tenu tout un discours sur sa beauté et sa forme naturelle.

– Et toi, qu'est-ce que tu fais ? m'a-t-elle demandé.

J'ai brandi ma poignée d'argile en souriant, m'apprêtant à lui expliquer que j'étais trop occupée à admirer la sculpture de David pour avancer sur la mienne.

– Stupéfiant ! a-t-elle dit dans un souffle. Je peux ?

Elle a pris ma boule d'argile religieusement, comme s'il s'agissait d'une sainte relique, et l'a levée vers le ciel. En gros, ce n'était qu'un tas d'argile informe qui avait pris l'aspect d'un œuf à force d'être roulé entre mes mains.

– J'espère que tu es d'accord pour l'exposer ? m'a-t-elle demandé. Quel nom voudrais-tu lui donner ?

J'ai regardé le morceau d'argile en vague forme d'œuf.

– Œuf, ai-je répondu.

– Bien sûr ! a-t-elle applaudi. Parfait !

L'arbre de David a aussi été exposé, et tout en sachant que mon « œuf » était entièrement dû au hasard, je me suis rengorgée en entendant la sculptrice s'extasier sur mon talent inné.

Alors qu'on enlevait nos tabliers, il y a eu un moment embarrassant. Je me bagarrais pour passer le mien au-dessus de ma tête, et il a tendu la main pour m'aider. Du coup, nos visages se sont retrouvés à quelques centimètres l'un de l'autre.

À ce moment-là, j'ai vu qu'il regardait ma bouche. J'étais absolument certaine que c'était un signal : il avait envie de m'embrasser. J'ai fermé les yeux et j'ai légèrement tendu les lèvres. J'ai senti sa main effleurer mon menton et…

– Tu as de l'argile sur la figure, m'a-t-il dit.

J'ai rouvert les yeux et arrêté de faire une bouche en cul de poule. Il me regardait d'un drôle d'air.

– Oh merci, ai-je dit.

Pourquoi, pourquoi, POURQUOI fallait-il que je sois aussi débile ? *Évidemment* qu'il ne voulait pas m'embrasser ! Il n' avait aucune raison de vouloir m'embrasser !

– Tu es pressée d'aller au concert de Mister Bleaney ? m'a-t-il demandé.

J'étais soulagée qu'il se comporte comme si de rien n'était, comme s'il ne m'avait pas vue faire la tête de quelqu'un qui attend qu'on l'embrasse.

– Ouais ! ai-je répondu. Et toi ?

– Je ne voudrais pas rater ça ! J'espère qu'ils vont se faire remarquer ! Au fait, je voulais savoir…

– Je te l'avais bien dit, que David avait une copine ! l'a interrompue une voix de sale mioche. C'est la fille qui sent mauvais et qui était couverte de gâteau, l'autre fois !

La mère de David et sa petite sœur se tenaient devant nous. Jessica portait un pull à rayures bariolé et des rubans multicolores dans ses cheveux bouclés.

Sa mère me regardait d'un air narquois, probablement persuadée que son fils avait perdu la tête.

– David, tu as encore mis ton portable sur mode silencieux, a-t-elle déclaré d'un ton un peu plaintif.

J'en ai déduit qu'elle entrait dans la catégorie des martyrs stoïques.

– Maman, Jessica, je vous présente Sam, a dit David. Sam, je te présente ma mère et ma *chipie* de petite sœur.

Il a tendu une main pour la chatouiller. Elle s'est mise à couiner, avant de s'esquiver en se tortillant et en gloussant.

– On a un problème avec la tente, s'est lamentée sa mère. La fermeture éclair n'arrête pas de se coincer. Tu pourrais venir essayer d'arranger ça ?

Il m'a regardée en haussant les épaules avec un soupir résigné. Le pauvre !

– Pas de problème ! a-t-il répondu gentiment. À plus, Sam !

Et ils sont partis tous les trois. En s'éloignant, il a pris la main de sa petite sœur et s'est mis à balancer le bras en marchant.

SAM WALLIS
est au festival Plastic Moon et vient de manger de la barbe à papa.

» **Tania Hamilton** T'as quel âge, déjà ?
» **Sam Wallis** Il n'y a pas d'âge pour manger de la barbe à papa.
» **Gemma Smith** J'espère bien que j'en mangerai encore quand je serai centenaire.
» **Tania Hamilton** C'est sûr qu'avec une seule dent tu n'auras pas trop le choix.

15

Assise dans un fauteuil de camping, la mère de Cat était plongée dans un livre, les genoux remontés contre sa poitrine.

– Ça t'a plu, les sculptures ? m'a-t-elle demandé en levant les yeux.

– C'était super, vous devriez aller voir, lui ai-je répondu.

– Tu n'as pas vu Cat ? Je crois qu'elle comptait te rejoindre là-bas. Tu devrais l'appeler pour la retrouver. Entre nous, je pense qu'elle angoisse un peu pour ce soir. Tu pourrais l'aider à se changer les idées.

J'ai suivi son conseil. En fait, Cat était partie s'acheter quelque chose à manger. Du coup, je me suis rendu compte que j'étais affamée et je l'ai rejointe au pas de course.

Elle était en train de terminer un feuilleté au bacon devant une camionnette. Ça sentait tellement bon que j'en ai pris un, que j'ai noyé dans le ketchup. Ensuite on s'est mises à vagabonder en observant tous les trucs marrants qui se passaient. En arrivant dans la partie réservée aux spectacles de rue, on s'est demandé pourquoi tout le monde rigolait tout à coup en nous voyant. Mais les gens avaient plutôt l'air de regarder quelque chose derrière nous.

On s'est retournées. Un type en costume coiffé d'un haut-de-forme nous suivait en sifflotant. On s'est remises en route, et tout le monde a recommencé à se marrer. On s'est arrêtées, on s'est retournées, et il était toujours là. On est reparties, et cette fois, j'ai tourné la tête brusquement. Il imitait notre démarche en faisant semblant de manger comme moi. J'ai ri parce que c'était vraiment drôle, mais c'était quand même un peu gênant. J'ai observé la réaction de Cat à la dérobée : comme je m'y attendais, elle était super détendue, avec juste un petit sourire en coin.

On venait à peine d'échapper au mime machiavélique, quand… qui a surgi dans la foule à quelques pas de nous ? Vous avez gagné : David avec sa mère et sa sœur, bien sûr. Ça devenait ridicule. Il avait fallu qu'on les croise pile au moment où je m'empiffrais d'un feuilleté au bacon géant.

– Salut, nous a-t-il lancé. Vous cassez la croûte ?

Tout à coup, j'ai été frappée par le comique de la situation. Cat, elle, avait fini son feuilleté et c'était moi qu'il voyait avec le menton dégoulinant de graisse de porc.

Je n'ai pas pu m'empêcher de me mettre à glousser. Gloussement qui, évidemment, a viré au fou rire incontrôlable.

– Ça va ? a demandé la mère de David, inquiète, comme si elle craignait que je me sente mal.

Impossible de lui répondre ; je riais trop.

– Ravie de te voir, Cat, a-t-elle repris. Comment tu vas ?

– Très bien, merci, Mrs Matthieson.

Je riais toujours, sous le regard perplexe de David.

– Tu dois être vraiment excitée de chanter ce soir, a continué sa mère.

Je n'arrivais pas à m'arrêter. Des larmes de rire coulaient sur mes joues.

– Oui, et aussi un peu stressée, a répondu Cat.

– Tu es sûre que ça va ? m'a demandé David.

Il a souri en secouant la tête quand je lui ai fait signe que tout allait bien.

– Je suis contente de t'avoir revue, Cat, a conclu sa mère. Bonne chance !

– Il faut qu'on y aille, a ajouté David. À plus tard !

J'ai tâché de peser les plus et les moins de l'incident du feuilleté.

Plus

- Je n'ai plus besoin de faire semblant d'être végétarienne. C'est un grand soulagement.

Moins

- David Matthieson va désormais me prendre pour une horrible ennemie des animaux dévoreuse de chair fraîche.
- Il a dû croire que je riais d'un horrible rire d'ennemie des animaux dévoreuse de chair fraîche.

Après leur départ, Cat m'a regardée d'un air consterné. Elle n'a pas eu besoin de parler. Je riais toujours, d'une sorte de rire désespéré et hystérique. En repartant, on est retombées sur le mime qui nous a de nouveau suivies en imitant mon rire. Histoire que je sache bien à quel point j'avais l'air débile.

SAM WALLIS
a hâte de voir Mister Bleaney ce soir.

» **Gemma Smith** et **Hannah Kermack**

» **Tania Hamilton** Non, c'est dingue ! Sam le Panda va voir Mister Bleaney !

16

De retour au campement, on a retrouvé Ryan, qui avait dû s'endormir dans sa tente et trouver tout le monde volatilisé à son réveil. Même la mère de Cat était partie faire un tour. Il avait l'air d'en avoir un peu marre.

– Salut, Ryan ! lui a lancé Cat. Ça te dit d'aller voir le champ des carillons avec moi ?

– Ouais, *génial* ! s'est-il exclamé.

Je suis bien placée pour savoir que c'est le genre de truc qu'il trouve complètement nul. Franchement, ai-je songé amèrement, après être allé voir un film sur une fille mourante, il est prêt à aller écouter des clochettes. Aucun amour-propre !

Je me suis blottie dans le fauteuil de camping de la mère de Cat et j'ai ouvert son livre, une biographie de Van Gogh. Ce peintre a eu une vie passablement tragique. Personne ne lui achetait ses toiles et il se faisait mettre dehors de partout. Pas étonnant qu'il se soit coupé l'oreille.

Je me suis dit que ça devait être dur d'être un peintre fou sans aucune reconnaissance, et j'ai essayé d'imaginer les plus et les moins d'être Van Gogh.

Plus

- Il a peint des chefs-d'œuvre et il avait des pensées géniales et profondes.

Moins

- Il était pauvre et devait mendier pour manger.
- Il était fou.
- Il s'est retrouvé avec une oreille en moins.
- Tout le monde pensait qu'il était nul.

Au bout d'un moment, Cat est revenue avec Ryan, qui avait tout à fait la tête de quelqu'un qui s'est infligé un concert de carillons purement par amour. Puis Dan est arrivé. Il jouait de la guitare en marchant et on aurait dit un ménestrel crève-la-faim à tête de vampire.

Puis ça a été le tour de JJ, avec Niv dans son sillage. Tout le monde a passé l'après-midi à aller et venir.

L'atmosphère était tendue, chargée d'attente. Aucun des membres du groupe ne tenait en place, et ils ont passé les heures suivantes à tourner en rond, de plus en plus à cran. Même s'ils ne jouaient pas avant 21 h 30, ils devaient se présenter en avance dans les *backstages* pour faire les balances. Ryan les a accompagnés, sous prétexte de les aider. J'ai pensé que je risquais surtout de les gêner et j'ai préféré attendre avant de les rejoindre.

Après leur départ, j'ai traîné un moment avec la mère de Cat, puis j'en ai eu assez et je suis retournée me promener.

Je suis retombée sur le post de Tania qui me comparait à un panda. Ça m'embêtait qu'elle soit au festival et qu'elle vienne au concert de Mister Bleaney. Elle ne pouvait pas arrêter ses vacheries de temps en temps ? Les yeux fermés, je me suis concentrée très fort sur l'image de Tania poursuivie dans le champ de carillons par une chèvre déchaînée. Je me suis sentie un peu mieux. J'ai décidé d'éviter la zone de jeux pour enfants, au cas où David croirait que je le pistais et je suis allée me prendre un wrap au poulet avec plein de trucs dedans à un stand. J'étais sûre que l'empereur de la Saucisse aurait eu à redire sur la qualité du poulet, ce qui ne l'a rendu que meilleur.

Puis j'ai repris ma balade en mâchonnant. Je regardais les gens en me demandant ce que Gemma était en train de faire. Est-ce qu'elle avait vendu toutes ses écharpes ? Est-ce qu'elle avait repéré des garçons musclés ? Je m'étonnais qu'elle n'ait pas répondu à mon dernier texto, envoyé une heure plus tôt pour avoir des nouvelles. Mais bon, la réception sur l'île était mauvaise, et il y avait toutes les chances pour qu'elle ne le reçoive pas avant le lendemain.

En passant devant un spectacle de jongleurs et de cracheurs de feu, je me suis arrêtée pour les regarder. Leur numéro était assez impressionnant. L'un des cracheurs de feu s'est interrompu pour boire de l'eau et il m'a lancé un clin d'œil ! Il était franchement mignon, dans le genre légèrement barbouillé de suie. Il avait des cheveux bruns et des yeux vert d'eau, avec des cils très noirs et un petit air espiègle. Il devait avoir seize ou dix-sept ans.

Bien entendu, j'ai rougi jusqu'à la racine des cheveux. À la fin du spectacle, il s'est approché de moi.

– Salut, je m'appelle Jake. Ça t'a plu, notre numéro ?

– C'était super. Mais comment tu as appris à faire ça ? Je veux dire, ce n'est pas le genre de truc qu'on apprend à l'école.

Il a rigolé.

– Effectivement. C'est mon père qui m'a montré. Depuis le temps qu'on fréquente les festivals, je ne me rappelle plus quand ça a commencé. Maintenant, mes frères et moi, on a notre numéro à nous.

Il m'a désigné ses trois compagnons plus âgés, qui, maintenant qu'il le disait, avaient tous un air de famille avec lui.

– En tout cas, c'est super fort, ce que tu fais, ai-je conclu.

Comme je ne savais pas quoi ajouter, j'ai encore rougi, je lui ai dit au revoir et je suis partie.

– Comment tu t'appelles ? m'a-t-il lancé.

– Sam !

– À plus, Sam !

L'intérêt qu'il m'avait montré m'avait donné la pêche, après toutes mes interrogations sur les sentiments de David pour Cat. Et il avait vraiment des yeux magnifiques.

Je n'ai pas pu m'empêcher de me demander comment ce serait de sortir avec un cracheur de feu.

Plus

- Pratique pour préparer le pain grillé le matin.

Moins

- Les lèvres calcinées et desséchées (je parle des siennes). ça peut être un problème pour embrasser.
- On risque de s'enflammer.

Toute cette histoire de me faire vaguement draguer par un cracheur de feu, ça m'a mise dans un tel état (ça n'est pas si souvent que les garçons s'intéressent à moi) que j'ai dû aller m'acheter un milk-shake pour me calmer. Ensuite, j'ai une fois de plus consulté mes messages, en espérant qu'il y en aurait un de Gem. Toujours rien. Je lui ai renvoyé un texto et j'ai continué ma balade.

Ensuite je suis retournée à la tente pour me changer. Tous les autres étaient partis. Je me suis maquillée en évitant de mettre trop d'eye-liner, après les dernières piques de Tania. Je n'avais personne à qui demander si ça allait, mais j'étais à peu près sûre d'être présentable.

J'ai fourré le reste de l'argent laissé par maman – et il en restait un paquet – dans la poche de mon jean, et j'étais parée. Ça me faisait drôle d'y aller toute seule. C'était ma première grosse soirée depuis le départ de Gemma, et je n'avais pas l'habitude de faire des trucs sans elle.

SAM WALLIS
a fait une sculpture qui ressemble à un œuf, regardé un spectacle de cracheurs de feu et bu un milk-shake. Maintenant, elle va voir Mister Bleaney.

» **Tania Hamilton** Tragique, trois fois tragique. N'oublie pas de mettre plein d'eye-liner, ça te va TROP BIEN.

17

Je suis arrivée au concert une demi-heure avant le passage de Mister Bleaney. Cat était sur le côté de la scène, toute pâle et l'air stressé. J'ai réussi à capter son regard et je lui ai adressé un grand geste d'encouragement, les deux pouces levés. Puis j'ai repéré sa mère. L'ennui, c'était que pour la rejoindre, je devais passer devant Tania et Angela.

– Tiens, v'là le panda mangeur de barbe à papa ! a lancé Tania.

J'ai souri comme si je trouvais ça hilarant. Mais ça n'avait rien à voir avec les blagues qu'on se balançait avec Gemma. Là, c'était méchant. Et on le savait toutes les deux.

– Sympa, ton écharpe, m'a dit Angela.

Mais à son ton un peu ironique, on pouvait se demander si c'était sincère. Gemma me manquait carrément, tout à coup. J'aurais voulu qu'elle soit là, à côté de moi. On se serait échangé des coups d'œil sur le petit jeu de Tania et d'Angela, et ça m'aurait permis de m'en moquer.

– Elle sait chanter, ta copine ? a repris Tania. Ou ils l'ont juste prise pour son physique ?

– Elle chante très bien.

– Elle a tout pour elle, alors, a-t-elle répliqué d'un ton sarcastique.

– Moi, j'aime bien le batteur, a signalé Angela.

– En tout cas, le bassiste et le guitariste sont des nazes, a décrété Tania. Enfin, on s'en fiche ; de toute façon, c'est juste des musiciens, des losers, donc.

– Tu dis des trucs super bizarres, des fois, Tania, ai-je observé.

Je ne crois pas que ça lui ait plu, parce qu'elle m'a jeté un regard noir.

Mais ça ne m'a fait ni chaud ni froid.

– Il faut que j'y aille, ai-je conclu avant de m'éloigner.

J'essayais de me frayer un passage dans la foule quand David a surgi à côté de moi.

– Salut, m'a-t-il dit. Tu veux boire quelque chose ?

Mon estomac a fait un petit salto arrière, simplement parce qu'il était tout près de moi.

– Je veux bien un jus d'orange, s'il te plaît, ai-je réussi à articuler.

Il a disparu en direction du bar.

Pendant que je l'attendais, Tania et Angela se sont rapprochées de moi. Là, elles commençaient vraiment à me casser les pieds.

– Tu sors avec lui ? m'a demandé Angela.

– Non, c'est juste un ami.

– Logique, a-t-elle riposté. Je te parie qu'il est amoureux de Cat et qu'il se sert de toi pour l'approcher.

À ce moment-là, David est revenu avec mon jus d'orange et j'ai été soulagée de m'éloigner de ces deux sorcières. Il avait l'air content d'être tout seul, libéré de ses obligations de grand frère. On a avancé dans la foule, mais je ne voyais plus la mère de Cat et on a fini par s'arrêter pour attendre le concert de Mister Bleaney.

– Ma mère est plutôt cool, m'a-t-il déclaré, mais elle veut toujours que je fasse un truc, ou que je surveille Jessica. Je suis content d'avoir enfin pu m'enfuir !

En le regardant parler, je n'ai pas pu m'empêcher de me demander quel effet ça me ferait de l'embrasser. « Arrête ! » ai-je pensé, avant d'essayer de me concentrer sur ce qu'il disait.

Le groupe est monté sur scène et le public, pas très nombreux, l'a accueilli par des acclamations et des applaudissements, ce qui l'a tout de suite fait paraître plus nombreux.

Cat avait l'air super fragile là-haut, debout devant le micro au milieu de la scène. JJ a joué quelques roulements de batterie d'ouverture. Niv s'y est mis avec la ligne de basse, puis Cat et Dan se sont joints à eux.

Ils étaient incroyables. Plus que ça. Ils étaient cent fois meilleurs qu'à la répétition à laquelle j'avais assisté – et déjà, là, ils m'avaient épatée.

À chaque nouveau morceau, le nombre de spectateurs et les acclamations augmentaient. Soudain, ce groupe inconnu qui jouait sur une scène annexe retenait vraiment l'attention du public. Des gens filmaient le concert sur leur portable, d'autres arrivaient de la scène principale pour découvrir la raison de cette effervescence, ou parce que des amis leur avaient envoyé un texto pour leur dire de venir.

J'ai jeté un coup d'œil vers Tania et, à ma grande satisfaction, j'ai constaté qu'elle avait l'air encore plus énervée que d'habitude quand elle voyait Cat au centre de l'attention. Elle avait sûrement espéré qu'elle serait nulle pour pouvoir le répéter à tout le monde. Mais Cat était bonne ; mieux que ça, même.

Ensuite, Mister Bleaney a joué *Looking for You* et, tandis que la voix de Cat s'élevait pour parler d'un amour perdu, la foule s'est tue.

J'ai regardé David et quand ses yeux se sont posés sur moi, il y avait un truc particulier sur son visage, quelque chose d'intense.

Donc, j'avais raison. Malgré les faux espoirs qui s'étaient présentés ici et là, mes soupçons du début se confirmaient pour de bon. On ne choisit pas ceux qui nous plaisent, même si c'est peine perdue et qu'on n'a aucune chance. C'était vrai pour moi, et aussi – je le voyais bien – pour David.

– Je dois y aller, ai-je articulé en forçant le mouvement de mes lèvres pour qu'il comprenne.

Et j'ai rebroussé chemin dans la foule en poussant les gens pour essayer de regagner ma tente.

La chanson s'est achevée et le public s'est déchaîné. Les gens criaient et tapaient du pied.

Moi, j'avais juste besoin de disparaître avant de me conduire comme une idiote devant tout le monde. J'ai réussi à sortir de la cohue et je me suis mise à courir le plus vite possible vers notre campement.

Je ne regardais pas où j'allais, et des larmes commençaient à me brouiller la vue ; ce qui explique que j'ai foncé dans Jake le cracheur de feu.

– Hé ! Ça va, toi ? m'a-t-il lancé en m'attrapant par les épaules.

– Oui, très bien, ai-je menti. Je dois juste retourner à ma tente.

– Drôle d'idée de te sauver comme ça alors que les autres se battent pour y aller. C'est qui, ce groupe ?

– Il s'appelle Mister Bleaney. J'ai une amie qui joue dedans.

Jake a eu l'air impressionné.

– Je vais retrouver des copains. Tu veux venir ?

Sa proposition m'a étonnée. J'ai pensé qu'il me donnait peut-être plus que mon âge parce que je venais de dire que j'avais une amie dans le groupe.

J'ai étudié l'autre solution, qui consistait à rester toute seule dans ma tente en attendant de voir Cat et David revenir avec les autres. Et à devoir affronter le fait qu'il était amoureux d'elle, même si elle, elle ne l'était pas. J'ai regardé Jake, qui m'a fait un sourire malicieux. Il avait l'air sympa, et gentil. J'en ai conclu qu'il n'y avait aucun mal à accepter.

– Tu bois quelque chose ? m'a-t-il proposé au bar du chapiteau des boissons.

– Je vais prendre un jus d'orange.

– Ça roule, m'a-t-il répondu en souriant.

Ce que j'ai trouvé marrant avec les copains de Jake, c'est qu'ils avaient tous seize ou dix-sept ans et qu'ils me traitaient comme une égale, pas comme quelqu'un de plus jeune.

Je ne me sentais pas mal à l'aise ; le fait d'avoir passé la journée avec les membres de Mister Bleaney m'avait donné confiance en moi. J'ai même réussi à caser le nom du groupe dans la conversation.

– C'est vrai, tu connais Mister Bleaney ? s'est exclamée une fille. Ils sont genre… super cool ! J'adore le batteur.

Ils étaient tous vraiment sympas et Jake se montrait très attentionné avec moi. Il m'a payé un deuxième jus d'orange, qui avait un drôle de goût. Peut-être qu'il n'avait pas été mis au frais. On était dans un festival ; les organisateurs se débrouillaient comme ils pouvaient.

Sans doute que j'étais flattée par l'intérêt que Jake me portait. En tout cas, j'ai un peu oublié mes sentiments à propos de David et de Cat.

Soudain, j'ai eu un petit vertige et j'ai décidé de sortir respirer un peu d'air frais. J'ai pensé que c'était peut-être dû à la foule qu'il y avait sous le chapiteau.

– Je vais aux toilettes, ai-je prétexté.

Dehors, j'ai respiré l'air à grandes goulées, comme si j'avalais un grand verre d'eau fraîche. J'ai marché un peu et, au bout cinq minutes, ça allait mieux.

Je suis revenue sous le chapiteau, mais je n'ai pas tardé

à me sentir super bizarre. La pièce oscillait, comme si le sol s'était incliné sur le côté. Je me suis appuyée contre Jake, qui a passé un bras autour de mes épaules.

Autour de nous, les gens commençaient à dire qu'ils allaient regagner leurs tentes pour faire une fête.

–Tu viens ? m'a proposé Jake, dont la voix avait l'air de venir de l'autre bout du chapiteau alors qu'il était collé à moi.

– Je vais rentrer, lui ai-je murmuré à l'oreille.

Une oreille qui avait vraiment un drôle d'aspect. Pas du tout celui d'une oreille.

– Qu'est-ce qu'elle a dit ? Elle va bien ? a demandé l'un de ses frères.

– Elle rentre avec nous, ai-je entendu dire Jake.

Je venais de lui dire le contraire, j'ai trouvé ça étrange.

– Non, ai-je rectifié.

Le bras toujours autour de mes épaules, il m'a entraînée vers la sortie et s'est mis à suivre le groupe en direction de leur campement. Je n'arrêtais pas de lui répéter que je voulais rentrer à ma tente, mais il n'avait pas l'air de m'entendre. J'avais l'impression d'être emmenée de force, mais j'avais tellement le vertige que je n'avais pas les moyens de résister.

Mais qu'est-ce que j'avais ?

Je me souviens d'un feu de camp. De chansons. J'étais assise par terre, appuyée contre Jake, mais apparemment, je n'étais pas capable de bouger. Entre les vertiges et la nausée, je voyais bien qu'il y avait un truc qui clochait.

Ça n'allait pas du tout. Je ne le connaissais même pas. Est-ce qu'il allait essayer de m'embrasser ? Si oui, je n'arriverais sans doute pas à l'en empêcher. On ne m'avait jamais embrassée. Je ne voulais pas que mon premier baiser se passe comme ça.

– Excuse-moi, a dit soudain une voix au-dessus de ma tête. Tu es au courant qu'elle n'a que treize ans ?

Jake a levé les yeux.

– Holà ! s'est-il exclamé. Treize ans ? Non, mec, je te jure, je ne savais pas !

– Sam ! Ça va, Sam ?

La voix avait l'air préoccupée.

Je ne pouvais même pas me concentrer assez pour déterminer qui c'était.

– Elle est pratiquement inconsciente, a dit une voix de fille d'un ton accusateur. Tu as recommencé le coup de la vodka ? Bravo, Jake.

– Ce n'est pas ma faute si elle est mineure ! Je ne pouvais pas savoir, a-t-il protesté d'une voix indignée.

J'ai été soulevée par deux personnes, sans pouvoir dire qui. Puis j'ai été à moitié portée, à moitié tirée pendant un moment, durée pendant laquelle j'étais tantôt éveillée, tantôt non.

C'est le café qui m'a fait revenir à moi. Du café chaud a coulé dans ma bouche. J'ai crachoté, suffoqué, et puis j'ai vomi tant et plus sur moi et par terre.

– Elle se remet, a dit Cat d'un ton soulagé.

– Comment tu te sens, Sam ? m'a demandé sa mère.

J'ai ouvert les yeux pour vérifier que c'était bien elle et que je ne rêvais pas.

– Je me sens super mal, ai-je répondu. Je voudrais mourir.

TANIA HAMILTON
n'en revient pas du comportement de Sam Wallis hier soir.

» **Becky Robinson** Qu'est-ce qui s'est passé ?
» **Tania Hamilton** La honte totale. Il a fallu la porter jusque dans sa tente, et elle s'est vomi dessus !!!
» **Becky Robinson** Quoi ???
» **Tania Hamilton** Elle était dans un sale état. T'arrives encore à te regarder dans la glace, Sam ?
» **Taylor Griffen** Je n'y crois pas une seconde.
» **Tania Hamilton** Elle va être privée de sortie jusqu'à sa MAJORITÉ.
» **Hannah Kermack** La pauvre. J'espère qu'elle va mieux.
» **Tania Hamilton** Elle ne mérite pas ta pitié, crois-moi.

18

Je me suis réveillée le lendemain matin en pyjama, dans un sac de couchage. Je n'avais jamais eu aussi mal à la tête de toute ma vie. Ça doit être ça, ce qu'on appelle la gueule de bois.

Au bout d'un moment, j'ai trouvé la force de ramper hors de la tente. La mère de Cat était assise dehors, toute seule. J'avais l'impression que la matinée était bien avancée.

– Bonjour, ai-je croassé d'une voix lamentable.

– Comment tu te sens ? m'a-t-elle demandé.

Elle paraissait contrariée et fatiguée, comme si elle avait mal dormi.

– Pas bien, ai-je avoué. Je suis désolée. Vraiment désolée.

Elle ne m'a pas répondu, et je me suis sentie encore plus mal. Elle restait assise là, l'air déçu et découragé.

– Où sont les autres ? ai-je questionné.

– Ils sont allés voir un groupe. On attend leur retour et on s'en va. Le père de JJ va venir nous chercher.

– À cause de moi ?

– Oui.

Silence. J'étais morte de honte.

– Mais enfin, qu'est-ce qui t'a pris ? Tu n'as que *treize* ans, bon sang ! Comment as-tu pu suivre un parfait inconnu et te soûler ? Est-ce que tu as la moindre idée des risques que ça représente ? Tu te rends compte des dégâts que l'alcool peut provoquer ?

– Je ne me suis pas soûlée, ai-je protesté. J'ai bu du jus d'orange. Je pense qu'il a mis de l'alcool dans mon verre. Une fille a parlé d'une embrouille avec de la vodka.

La mère de Cat a eu l'air de se demander si elle devait me croire ou pas.

– C'est une accusation très grave, Sam.

– C'est la vérité. Je n'ai bu que du jus d'orange. Il l'a *forcément* drogué.

Elle a réfléchi un moment, avant de me dire :

– Tu peux te dépêcher de t'habiller ? On sait où ils campaient. Tu dois me montrer celui qui t'a fait ça. Tu pourrais le reconnaître ?

J'ai hoché la tête. Je me souvenais très bien des cheveux bruns en bataille et des yeux vert d'eau.

Quand on est arrivés, ils étaient tous partis. Il ne restait qu'un champ désert jonché de canettes de bière vides et un tas de cendres dans un cercle de pierres. Rien que de revenir là, je me suis sentie mal en me rappelant la panique que j'avais éprouvée la veille.

– Merci, ai-je dit.

– De quoi ?

– De m'avoir crue.

– Je te crois. Mais ça ne t'évitera pas pour autant les ennuis. Tu as quand même laissé un inconnu te payer à boire, quelqu'un que tu venais juste de rencontrer et dont tu ne savais rien. C'est d'une naïveté incroyable.

– Vous allez le dire à mon père ? lui ai-je demandé.

– Je n'ai pas vraiment le choix, Sam. Ce serait irresponsable de ma part de ne pas le faire.

Mon cœur s'est serré. Les choses se présentaient mal.

– Qui m'a retrouvée ? ai-je questionné en me souvenant de la voix que j'avais entendue.

– David.

C'était David qui m'avait sauvée. Qu'est-ce qu'il allait penser de moi, maintenant ?

Quand les autres sont revenus, David n'était pas avec eux. Après m'avoir demandé comment j'allais, Niv, Dan et JJ m'ont complètement ignorée. Ils savaient que ça chauffait pour moi et ils ne tenaient pas à s'en mêler.

Cat était totalement chamboulée, et clairement en colère contre moi.

– Qu'est-ce qui t'est passé par la tête, Sam ? m'a-t-elle demandé.

J'ai presque cru qu'elle allait fondre en larmes.

– Mon jus de fruit n'était pas net, lui ai-je expliqué. Il y avait un truc dedans.

Elle a paru à la fois choquée et soulagée.

– Il y avait un *truc* dans ton jus de fruit ? s'est écrié Ryan en surgissant à côté de moi. À quoi il ressemble, ce mec ? Je vais le tuer !

Il était si en colère pour moi qu'il paraissait réellement prêt à démolir quelqu'un. Du coup, à cet instant, il m'a vraiment touchée, pour un frère à tête de crapaud.

– Ils sont partis depuis longtemps, a répondu la mère de Cat.

– Tu es vraiment trop bête, m'a lâché Cat.

– Pourquoi tu m'en veux comme ça ? lui ai-je demandé. OK, j'ai commis une erreur. Je suis désolée si je t'ai fait honte.

– Je ne te parle pas de ça, a répliqué Cat d'une voix crispée. Ryan m'a tout raconté.

– À propos de quoi ?

– Ta mère n'a pas du tout quitté ton père. Elle est en vacances. J'ai essayé de te laisser le bénéfice du doute, mais je vois que tu ne sais pas jouer franc jeu.

Je l'ai regardée, et elle m'a retourné un coup d'œil accusateur. Je me suis demandé depuis quand elle savait. C'était horrible.

– C'est possible qu'ils se séparent, ai-je protesté sans grande conviction.

– Je ne peux plus te croire, Sam, m'a-t-elle répondu avant de me tourner le dos.

Dans le minibus, personne ne m'a adressé la parole. Ils

étaient tous de mauvais poil d'avoir dû repartir plus tôt que prévu.

Ma tête me lançait. J'avais la nausée, ce qui est particulièrement pénible dans un minibus. À un moment, je n'ai pas pu faire autrement que de demander au père de JJ de s'arrêter pour que je puisse aller vomir.

Cette fois, je touchais le fond.

– Si je pouvais mettre la main sur le mec qui t'a fait ça ! a soudain fulminé Ryan.

Visiblement, il était toujours aussi furieux une heure après notre départ.

– Elle aurait dû se méfier, a observé JJ.

Ça m'a fait mal. Parce qu'il avait parfaitement raison : j'aurais dû me méfier.

– Ça ne vous gêne pas de parler de moi comme si je n'étais pas là ? ai-je protesté.

Du statut de copine, j'étais tombée à celui de gamine stupide. Précisément ce que j'avais voulu éviter en changeant mon image. J'étais effondrée.

De retour à la maison, colère ou pas, Ryan est soudain devenu muet. La mère de Cat avait appelé l'Empereur de la saucisse qui m'attendait, écumant de rage et prêt à me passer le savon du siècle.

– Imagine ce que ta mère aurait dit ! a-t-il crié en agitant les bras avec emphase. Tu as de la chance que j'aie décidé de ne pas lui en parler ! Je n'aurais jamais dû te laisser aller à ce fichu festival. Tu ne sors plus pendant *un mois* !

Seulement ensuite, je me suis aperçue du changement.

Le sol et les meubles étaient recouverts de bâches et presque tout le papier peint du rez-de-chaussée avait été décollé.

Il y avait des pots de peinture, des outils et des pinceaux dans tous les coins. Et même une ponceuse sur la table de la salle à manger.

– Qu'est-ce qui se passe, ici ? ai-je demandé.

Ça ne servait à rien de discuter la punition. À vrai dire, un mois, ce n'était pas cher payé. Je m'étais attendue à en prendre au moins pour cinq ans.

Papa a regardé autour de lui comme s'il était lui-même étonné par le spectacle, digne d'une émission de téléréalité sur la rénovation.

– Je refais la décoration pour faire une surprise à votre mère, m'a-t-il répondu. Et vous deux, vous allez m'aider.

Génial, ai-je pensé. Non seulement j'étais punie, mais j'étais punie dans une mauvaise émission de déco animée par l'empereur de la Saucisse.

Plus

- On ne sait jamais, je pourrais trouver l'expérience sympa et m'amuser à barbouiller de peinture le nez de mes camarades décorateurs, comme on voit dans les pubs.

Moins

- Des heures de dur labeur répétitif à se casser le dos.
- Ça n'est jamais aussi facile que ça en a l'air à la télé.

On s'y est mis après le déjeuner. J'avais enfilé mon sweat-shirt à tête de cheval et un vieux pantalon qui ne craignait pas les taches de peinture. Mais finalement, je n'ai pas du tout fait de peinture. Papa m'a assigné la corvée de gratter le papier peint préhistorique et de poncer les vieilles plinthes tout amochées. Il nous a quand même épargné le compte rendu du match à la radio, ce qui a rendu les choses plus supportables.

Curieusement, Ryan se montrait super motivé. Je ne le reconnaissais plus depuis qu'il essayait d'épater Cat, comme s'il s'était éveillé d'un long sommeil. Pour vous dire, il était même devenu possible d'avoir une conversation avec lui. Je n'y tenais pas particulièrement dans le cas présent, parce que ça incluait pas mal de remarques sur le fait que j'arrachais le papier dans le mauvais sens. Franchement, comment peut-on arracher un truc dans le mauvais sens ? C'est vrai quoi, on l'arrache ou on ne l'arrache pas ! Et qu'est-ce qu'ils y connaissent en papier peint, les crapauds ?

Gemma a appelé alors qu'on était en pleine action. Papa m'a jeté un regard noir, et j'ai dû lui expliquer que je ne pouvais pas lui parler longtemps. C'était énervant, parce qu'on n'en a pas si souvent l'occasion.

– Ça va, toi ? m'a-t-elle demandé. Qu'est-ce qui s'est passé au festival ?

– Tout va bien. Je ne peux pas te raconter maintenant. On refait la déco de la maison et papa m'interdit de parler à mes amis parce que je suis punie. C'était comment, les jeux des Highlands ?

– Sam, c'est dingue ! J'ai rencontré quelqu'un !

– Mais c'est *génial* !

– Raccroche, Sam ! m'a crié papa. Et *tout de suite*.

J'ai vu qu'il ne plaisantait pas.

– Désolée, Gem, mais je dois y aller. Je verrai tout à l'heure si papa veut bien que je te rappelle. Mais je suis super hyper contente pour toi.

Gemma a eu l'air déçue.

– Bon, euh, OK, m'a-t-elle répondu.

Non seulement papa ne m'a pas laissée la rappeler plus tard, mais il m'a confisqué mon portable ET mon ordinateur ! Ça faisait un drôle d'effet de ne pouvoir contacter personne et de ne pas savoir ce qui se passait sur Facebook. J'avais très peur que Tania soit en train de raconter des horreurs sur moi, mais je n'avais aucun moyen de le vérifier.

On a avancé sur les travaux jusqu'à dix heures du soir, heure à laquelle papa a enfin décrété que ça suffisait comme ça. J'avais mal aux doigts à force de décoller du papier peint.

– J'ai pris une semaine de congés, nous a-t-il annoncé, et j'ai demandé de l'aide à des copains à qui j'ai déjà rendu des petits services. On devrait avoir fini samedi prochain. La nouvelle cuisine arrive mardi. D'ici là, il faut qu'on ait enlevé les vieux placards et fait sauter le carrelage.

– On va avoir une nouvelle cuisine ?

J'étais stupéfaite. On en rêvait tous depuis des années.

– Je vois à peu près ce que votre mère aurait choisi, a-t-il repris. Ensuite, il y a le revêtement du sol qui arrive jeudi. Ça veut dire qu'il faut avoir terminé les murs du rez-de-chaussée mercredi soir. On risque de finir tard.

Papa s'était clairement fixé une mission. Comme s'il voulait rattraper toutes ses années à laisser courir les choses en une seule semaine d'activité intensive et épuisante. Typique : avec lui, c'était tout ou rien.

Dans mon lit, alors que j'essayais de m'endormir, je mourais d'envie de parler avec Gemma. J'ai même envisagé de descendre en douce pour l'appeler, mais il était tard et je savais qu'elle se ferait allumer si son téléphone sonnait après onze heures du soir. Je ne pouvais même pas lui envoyer un texto. J'avais tellement besoin de lui raconter tout ce qui s'était passé !

David m'avait sauvée, et je n'avais pas eu l'occasion de le remercier. Ça me rendait malade de penser à l'état dans lequel il m'avait vue la veille. Mais bon, au fond, qu'est-ce que ça changeait ?

La vérité, c'est que, même s'il ne s'intéressait pas à moi comme je l'aurais rêvé, je ne voulais pas qu'il pense du mal de moi. Qu'il croie que je m'étais soûlée volontairement et que j'étais prête à me laisser tripoter par n'importe qui. J'espérais que Cat lui expliquerait la situation, mais c'était peu probable. Elle risquait plutôt de lui dire que je n'étais qu'une sale mytho.

Plus que tout, je redoutais de devoir aller au collège le lendemain et d'affronter des gens comme Tania Hamilton. Si au moins j'avais pu parler à Gemma !

Ça m'a pris un temps fou, mais j'ai quand même fini par m'endormir. Je n'avais plus qu'à attendre le lendemain pour voir comment les choses se présenteraient.

SAM WALLIS
est privée de sorties et d'Internet. Inutile de me laisser des messages, je ne peux pas vous répondre.

» Tania Hamilton Pitoyable.

19

À la seconde où j'ai regardé David en m'asseyant en histoire, j'ai su qu'il était super en colère contre moi, comme prévu. Il ne m'a pas jeté un coup d'œil. J'étais devenue invisible.

J'ai même fini par me concentrer sur le cours de Mr Donovan, rien que pour penser à autre chose. Ce qui n'a pas manqué d'éveiller les soupçons de Donovan le Psychopathe. À la fin du cours, il s'est approché de mon bureau en me fixant de ses yeux de dément.

– Sam Wallis ! m'a-t-il lancé. Après avoir passé des semaines à faire autre chose, je remarque que, brusquement, ce matin, vous écoutez. Pouvez-vous m'expliquer cet intérêt soudain pour les chaises à clous ?

Toute la classe a trouvé ça très drôle, bien sûr.

Je m'en fichais. C'est plutôt sympa de maîtriser un sujet, pour une fois. J'aurais pu répondre à n'importe quelle question sur les chaises à clous et autres instruments de torture moyenâgeux si ça intéressait quelqu'un. Espérons que ça tombera au prochain contrôle.

En entrant dans le self, j'ai vu Cat avec Taylor et David, et j'ai tout de suite compris que je ne pouvais pas m'asseoir à leur table. Alors je suis allée m'asseoir toute seule. Darcie et Hannah sont arrivées et, pendant un instant horrible, j'ai cru qu'elles allaient retrouver le groupe de Cat. Mais à mon immense soulagement, elles sont venues me rejoindre.

– Qu'est-ce qui s'est passé au festival ? m'a demandé Darcie d'un air inquiet.

Je leur ai raconté l'épisode du jus d'orange alcoolisé, et elles ont compati.

– Ce n'était pas ta faute ! m'a défendue Hannah. Pourquoi est-ce que Cat ne te parle plus ?

– C'est compliqué.

Je n'avais pas le courage de leur avouer que je lui avais menti, ni que j'étais bêtement amoureuse de David qui me préférait ma superbe copine. Qu'en bref j'étais une loseuse totale.

Ça me rendait malade de penser que j'avais tout fichu par terre.

À ce moment là, Tania Hamilton et Angela Murray sont passées à côté de nous.

– T'as vu ses *ongles* ? lui a lancé Angela.

En les regardant, je me suis aperçue qu'ils étaient noirs de crasse et tout fendillés à force d'avoir arraché le papier peint. J'étais tellement ailleurs que je ne m'en étais même pas rendu compte. C'était atroce.

– Comment tu t'es fait ça, Sam ? m'a demandé Tania. En grattant à la porte de David Matthieson pour qu'il vienne te rouler une pelle ? Dommage qu'il soit amoureux de Cat ! Il ne te reste plus qu'à retourner te soûler et vomir partout.

Angela s'est marrée comme si c'était le truc le plus drôle qu'elle ait jamais entendu de toute sa vie de mouton.

– Ne l'écoute pas, m'a dit Darcie.

J'ai été soulagée qu'elles s'en aillent, ce qui m'a permis de relever la tête de mon assiette et d'arrêter de manger. Les lasagnes ne passaient pas.

J'ai essayé d'imaginer Tania pourchassée sur la piste du stade par un troupeau de chèvres armées de kalachnikovs. Ça ne m'a pas tellement aidée.

J'ai fini par craquer en cours de chimie, sans doute parce que Darcie était adorable avec moi.

– Tu tiens le coup ? m'a-t-elle demandé en me lançant un regard scrutateur derrière ses lunettes de protection.

On faisait une expérience avec de l'acide ; enfin elle, pas moi.

Mes yeux se sont remplis de larmes et je me suis dépêchée de cligner des paupières. Je ne voulais pas mettre Darcie mal à l'aise.

– Écoute, j'ai besoin que tu me rendes un service, lui ai-je dit. Tu peux me prêter ton portable pour que j'appelle Gemma ? Je te rembourserai, promis.

Darcie m'a tendu son téléphone sans me poser de questions. C'est pour des choses comme ça que, s'il fallait attribuer un métal à chaque personne, elle ferait partie des gens cent pour cent en or.

J'ai foncé aux toilettes pour passer mon coup de fil. Évidemment, je n'avais pas pensé que Gemma serait en cours aussi et qu'elle ne pourrait pas me répondre. Mais j'ai au moins pu lui laisser un message pour lui expliquer la situation :

« Gem, c'est Sam. Darcie m'a prêté son téléphone parce que papa a pris le mien. Je n'ai le droit de parler à personne. Quelqu'un a mis de l'alcool dans mon jus d'orange au festival. Je suis dans de sales draps, avec la bande de Tania sur le dos en prime. Cat ne m'adresse plus la parole parce qu'elle a appris que maman n'était pas vraiment partie. J'ai tout raté. J'ai trop envie de te parler. Je vais essayer de convaincre papa de me laisser t'appeler ce soir, mais il est encore super remonté. Tu me manques trop. »

Je crois que ma voix s'est un peu brisée sur la dernière phrase. Après avoir raccroché, j'ai un peu pleuré. C'était la deuxième fois en quelques semaines que je pleurnichais dans les toilettes ! Ça ne me ressemblait tellement pas ! Mon surnom à moi, c'est Risette !

Je n'avais jamais été aussi heureuse d'entendre sonner la fin des cours, et j'ai filé chez moi sur un tapis volant de soulagement. La perspective de gratter du papier peint était carrément enthousiasmante comparée à l'idée d'être dans la même pièce que Tania Hamilton.

Papa nous a encore fait travailler dur toute la soirée. On

a dû accélérer le rythme pour enlever le carrelage de la cuisine, et ça n'était pas évident. Avec un copain, papa avait passé la journée à démonter les vieux placards et à tout jeter dans une benne devant chez nous. Il avait l'air complètement crevé, mais comme il était bien décidé à ce que tout soit prêt à temps, il n'était pas question qu'il s'arrête. On a dû le forcer à prendre le temps de boire un thé. J'ai demandé si je pouvais appeler Gemma, mais il m'a juste foudroyé du regard, ce qui était un peu effrayant avec tout le plâtre qu'il avait sur la figure. On aurait dit un zombie. J'ai préféré ne pas insister.

Ryan continuait à participer dans la bonne humeur. Décidément, il n'est plus le même depuis qu'il est allé au cinéma avec Cat. Soit l'histoire de la fille mourante l'a profondément affecté, soit il est amoureux dingue. Je crois que je peux deviner lequel des deux. Une fois, au cours de la soirée, son portable l'a averti d'un message et il a eu l'air tout fier de lui en lisant son texto. Je me suis demandé s'il venait de Cat. Mais comme il est aussi mystérieux qu'il est content de lui, je n'ai rien pu apprendre.

Au bout d'un moment, je me suis prise au jeu de la nouvelle déco. Ça donne un profond sentiment de satisfaction de casser du carrelage à coups de marteau, surtout quand on est en colère parce qu'on est victime d'une injustice. En revanche, enlever les gravats à la pelle, c'est un peu moins drôle. Mes ongles étaient encore plus pitoyables à la fin de la soirée. L'ennui, c'est qu'il n'y avait pas de gants de travail à ma taille. Mes mains ne sont pas aussi géantes que ça, finalement. J'ai dû me contenter d'une paire de mitaines arc-en-ciel, qui ne me protégeaient pas assez.

L'avantage de faire un vrai travail physique, c'est que ça m'a empêchée de trop ruminer. D'ailleurs, ça m'a rappelé un documentaire que j'ai vu une fois à la télé sur des enfants de mon âge, ou plus petits, qui ramassaient du plastique dans une décharge pour le revendre et s'acheter du pain. Leur vie n'était qu'une longue suite ininterrompue d'heures de travail pénible et d'ongles abîmés, et j'étais là à me plaindre de Tania Hamilton.

Il devait être minuit quand on est montés se coucher. J'étais sur les rotules, mais j'avais l'impression d'avoir accompli quelque chose d'important et d'utile, et ça valait le coup rien que pour voir l'air satisfait de papa quand le dernier carreau a été enlevé.

Le lendemain, en cours d'anglais, je n'ai pas regardé derrière moi ; autant m'épargner le spectacle de David se détournant délibérément pour ne pas croiser mon regard. Cela dit, pendant tout le cours, je n'ai pas réussi à oublier qu'il était là, deux rangs derrière moi. Je me suis rendu compte que je pensais encore à lui au point d'en avoir mal physiquement. J'étais dévastée à l'idée qu'il me méprisait à cause de mon comportement au festival. Pas étonnant qu'il ait choisi Cat ; elle avait tellement plus de maîtrise et d'amour-propre que moi ! J'ai passé toute l'heure à ressasser de sombres pensées.

On étudiait toujours *Roméo et Juliette*, et j'ai dû écouter

Miss Barry disserter sur les amours contrariées, la bouche pleine de pastilles à la menthe.

Je suis sûre que, quand elle soupirait à fendre l'âme en parlant du grand amour, elle pensait à Mr Ashcroft. Ce qui prouve bien que l'amour est un truc totalement ridicule et que je suis totalement ridicule d'être amoureuse de David Matthieson. L'amour transforme les gens en parfaits crétins. Au fond, comme dit Sheila, ce ne sont que des histoires de babouins et rien d'autre.

Tania a lancé une remarque comme quoi ça tombait bien que Juliette ne ressemble pas à Sam Wallis, ou elle vomirait partout sur Roméo. Angela s'est tordue de rire, ainsi que environ la moitié de la classe.

Après le cours d'anglais, Taylor m'a proposé de déjeuner avec lui et Cat. David avait dû se réfugier au CDI pour être sûr de ne pas avoir à manger avec moi.

– Cat et toi, vous devez vous réconcilier, a dit Taylor. Pas question que je vous laisse comme ça.

Je n'étais pas très à l'aise en m'asseyant en face de Cat.

Elle n'a pas tourné autour du pot :

– Bon, qu'est-ce qui est vrai, finalement, dans cette histoire à propos de ta mère ?

– Elle était en colère contre papa, ai-je répondu. Et elle est partie sans prévenir… en croisière.

– Elle lui a vraiment lancé une tranche de faux-filet à la figure ? a questionné Taylor.

– Non, ai-je avoué. Mais je suis sûre qu'elle y a pensé. En tout cas, le soir où tu es venue dîner avec ta mère, Cat, j'ai bien cru qu'elle allait renverser une assiette de risotto sur la tête de papa.

– Je ne comprends toujours pas ce qui t'a poussée à exagérer la gravité de la situation comme ça, a-t-elle observé, perplexe.

J'ai baissé la tête, trop gênée pour songer à mordre dans mon sandwich au jambon (j'avais laissé tomber les sandwichs végétariens).

– Je voulais avoir un truc intéressant à raconter, ai-je admis. Il ne se passe jamais rien dans ma vie. Mon père est boucher, ma mère est infirmière, et on passe nos soirées devant la télé. Ta mère est peintre et tu chantes dans un *groupe* ! La mère de David est acupunctrice, sa famille est végétarienne et il écrit des paroles de chansons !

Cat a secoué la tête.

– Et tu crois que c'est le rêve ? Mais t'es folle, ou quoi ? Réfléchis ! Je trouve ça horrible d'être fille unique et que mon père soit parti. Et même si je suis super contente que maman commence à vendre ses tableaux, je déteste qu'elle oublie de préparer le repas une fois sur deux et qu'il y ait de la poussière plein la maison. Faire partie d'un groupe, c'est chouette, mais les autres me traitent un peu comme une petite sœur qu'ils doivent protéger, et je dois toujours me mettre la pression pour ne pas les décevoir.

Incroyable. Je n'aurais jamais imaginé que Cat voyait les choses comme ça.

– Et autre chose ! a-t-elle poursuivi dans la foulée. Je sais qu'en ce moment Tania Hamilton te traite comme sa pire ennemie. Mais ça lui passera. D'ici deux semaines, elle t'aura oubliée. Alors que moi, elle m'en voudra *toujours*, même si je ne lui ai absolument rien fait, à part débarquer dans ce collège. Les filles comme Tania et Angela auront toujours une dent contre moi, et je sais de quoi je parle.

TANIA HAMILTON
savoure l'absence de Sam Wallis sur Facebook. Ras-le-bol des petites histoires de sa pitoyable existence.

» **Angela Murray** Je parie que même son cheval ne veut plus lui parler.
» **Tania Hamilton** LOL.

20

Après un après-midi supportable – sans avoir croisé ni Tania ni personne de sa bande –, je commençais à retrouver espoir en rentrant chez moi. Après ce que Cat venait de me confier, je me disais que je pourrais peut-être lui avouer tout ce que je lui avais caché, comme l'importance que David avait pour moi et à quel point j'avais été déçue qu'il la préfère à moi. Peut-être qu'alors elle comprendrait ce que je ressentais.

À la maison, j'ai trouvé papa avec un sourire géant sur la figure, parce que la nouvelle cuisine était installée et qu'elle était magnifique avec sa plaque de cuisson étincelante et son plan de travail en marbre noir. Les placards étaient modernes, blancs, avec plein d'accessoires sympas comme des tiroirs chauffants pour les assiettes. C'était la grande classe, je n'en revenais pas. Ken, le copain de papa, était en train de poser le carrelage.

– Il nous reste encore un boulot de dingue, a dit papa

tandis que j'essayais de redescendre sur terre. On doit finir toute la peinture en bas avant la pose du parquet en chêne jeudi. Sam, c'est toi qui vas vernir les plinthes. Je vais te montrer comment on fait.

Ryan était déjà à l'œuvre, en train de peindre les murs qu'on avait eu tant de mal à gratter, à reboucher et à poncer les soirs précédents.

Après m'avoir montré comment poser le vernis, papa a commencé à poser un papier peint étonnamment cool pour faire un mur-décor. Je ne pouvais absolument pas croire qu'il ait pu le choisir lui-même.

– Comment as-tu choisi la gamme des couleurs et le papier ? ai-je questionné, en me disant qu'il s'était peut-être ruiné pour consulter un décorateur.

Papa m'a désigné une pile de magazines posée sur la table basse. Plusieurs pages étaient marquées par des post-it qui indiquaient « chouette couleur » ou « super canapé » dans l'écriture de maman.

– L'an dernier, ta mère est passée par une crise où elle rêvait qu'on rénove la maison. Elle a acheté tous ces magazines et elle les a écumés… en signalant ce qui lui plaisait. J'avoue que je ne m'en suis pas tellement préoccupé.

J'ai vu avec satisfaction qu'il n'avait pas l'air fier de lui.

Plus tard, pendant qu'on mangeait nos *fish and chips* pendant la courte pause accordée par papa, je me suis risquée à interroger Ryan sur Cat et lui.

– Alors, tu sors avec elle ? Officiellement ? Elle ne me raconte rien.

Il m'a regardée avec l'air de se demander s'il pouvait se confier à moi.

– Eh mouais, a-t-il admis avant d'enfourner une frite dans sa bouche d'un air super fier de lui.

– Ça pourrait être un peu gênant, tu sais, qu'elle soit amie avec moi.

Il a secoué la tête avec une expression joyeuse que je ne lui avais jamais vue.

– Ça ne me dérange pas du tout.

– Je ne parlais pas pour toi, idiot ! Je voulais dire gênant pour *moi* !

Ryan a haussé les épaules.

– Ça, c'est pas mon problème.

Il a visé la poubelle avec son emballage de *fish and chips*, qui a atterri en plein dans le mille.

– Il tire, et il *marque* ! s'est-il exclamé en levant le poing en signe de victoire.

Bien qu'il ait changé sur certains points, Ryan reste quand même mon crétin de frère.

Après le repas, papa est sorti voir quelqu'un pour une histoire de frigo et j'ai estimé qu'il en avait au minimum pour un quart d'heure, voire une demi-heure. J'ai supplié Ryan de me laisser utiliser son ordinateur pour contacter Gemma. À contre-cœur, et peut-être pour que j'entretienne son image auprès de Cat, il a accepté. Allez, disons qu'il n'est peut-être pas si crétin que ça.

Sam Wallis

Je suis sur l'ordi de Ryan. Papa n'est pas au courant. Je n'aurai peut-être pas beaucoup de temps, mais il fallait que je te parle !

Gemma Smith

J'ai eu ton message sur mon répondeur. Ça va ?

Sam Wallis

Mieux. On refait la déco de la maison pour le retour de maman, ce week-end.

Gemma Smith

C'est quoi, cette histoire de boisson au festival ? Tu buvais quoi ?

Sam Wallis

J'ai découvert que David Matthieson craquait pour Cat. Ça m'a fichu les boules, et en repartant, je suis tombée sur un cracheur de feu que j'avais rencontré un peu avant. Il a mis un truc dans mon jus d'orange, et c'est David qui m'a tirée de là. J'ai vomi sur je ne sais qui. David ne m'adresse plus la parole. Cat recommence tout juste à me parler. Je suis la dernière des débiles.

Gemma Smith

Comment tu te débrouilles pour te fourrer dans des histoires pareilles ? Ne va pas sur Facebook. Tania Hamilton est déchaînée. Je n'ai pas réagi parce que je ne voulais pas lui donner ce plaisir. Je suis vraiment triste et en colère pour toi.

Sam Wallis

Ça ne m'étonne pas d'elle. Je devrais aller voir.

Gemma Smith

Laisse tomber. Ça va juste te déprimer.

Sam Wallis

Je suis bien obligée. Laisse-moi juste le temps de regarder, je reviens dans cinq minutes.

Gemma Smith

S'il te plaît, Sam. J'ai des trucs à te raconter. Tu as dit que tu n'avais pas beaucoup de temps.

Sam Wallis

Il faut que je sache ce qu'elle a dit. Cinq minutes.

Je suis allée sur Facebook et j'ai lu les posts de Tania. Ça m'a donné envie de vomir ; je savais bien que c'était une teigne, mais c'était flippant de voir à quel point elle s'acharnait. Le pire, c'était de découvrir que des filles à peu près correctes comme Angela et Becky participaient au massacre rien que pour se faire bien voir d'elle. C'était tellement violent que ça m'a fait l'effet d'une gifle.

Plus

- Aucun… sauf si on considère qu'il vaut mieux faire parler de soi en mal que pas du tout.

Moins

- Il y a des centaines de personnes qui lisent ces horreurs sur moi.
- Ça pourrait s'amplifier.
- Je n'ai pas pu m'empêcher d'y retourner pour voir ce qui se disait d'autre sur moi.
- Ça s'est amplifié.

J'ai hésité et commencé à répondre plusieurs fois, avant de tout effacer. Gemma avait raison. Tania serait trop contente que je réagisse. Au lieu de ça, j'ai décidé de la dégager de ma liste d'amis. En quelques clics, c'était réglé. Simple.

Sam Wallis

Gem, j'ai sorti Tania de ma liste d'amis.

Gemma Smith

n'est pas en ligne.

Gem en avait eu marre d'attendre et s'était déconnectée. Je ne pouvais pas lui en vouloir. J'ai décidé de l'appeler le lendemain soir pour avoir le temps de discuter. Il y a des moments où on a besoin de se parler en direct.

Le lendemain matin, j'ai pris une décision. J'allais présenter mes excuses à David pour mon comportement au festival, et peut-être même lui avouer que j'étais amoureuse de lui et que j'étais déçue qu'il préfère Cat. La sincérité me semblait être la meilleure conduite à adopter ; ça me permettrait peut-être de redevenir amie avec eux deux et de dépasser mes sentiments débiles et sans espoir pour lui.

Et des amis, il allait m'en falloir vu l'attitude de Tania.

Donc, à l'heure du déjeuner, j'ai pris la direction du CDI, où je savais que je trouverais David en train de lire en mangeant son sandwich végétarien. Je suis peut-être une incorrigible optimiste, mais j'étais persuadée que tout allait s'arranger une fois que je me serais expliquée.

On peut toujours rêver.

À peine franchie la porte du CDI, j'ai vu Cat assise avec lui. Ils étaient en pleine discussion, et je ne les avais jamais vus aussi souriants. Cat était radieuse. À un moment, elle a tendu les mains sur la table, il les a prises entre les siennes et, l'espace d'une minute, ils se sont regardés d'un air extatique, *en se tenant les mains* !

Ils ne m'avaient pas vue. J'ai eu l'impression qu'une main descendait dans ma gorge, fouillait dans ma poitrine et m'arrachait le cœur. Tout ce que je redoutais s'était réalisé.

Et dire que Cat était censée sortir avec mon frère ! Dans ma tête, j'ai revu Ryan la veille au soir, en train de peindre le plafond en sifflotant en haut de l'échelle. Il était tellement heureux ! Et elle, elle était là à donner la main à David au CDI, plus rayonnante que jamais.

Je n'aurais jamais cru que ça me ferait aussi mal de les voir ensemble. Je m'étais persuadée que j'avais accepté qu'il la préfère et je m'habituais lentement et laborieusement à cette idée. Mais le pire de tout, c'était de savoir que

Cat m'avait menti en me soutenant qu'ils étaient juste amis. Je ne m'étais jamais sentie aussi stupide.

Cat s'est levée. David s'est levé. Elle a contourné la table et elle l'a serré dans ses bras.

– On se retrouve à 8 heures, lui a dit David.

Là-dessus, j'ai vu que Cat était sur le point de partir et je suis sortie à toute vitesse. J'ai filé le long du couloir et j'ai juste eu le temps de tourner à l'angle avant d'entendre la porte du CDI se rouvrir derrière moi.

Quelques minutes plus tard, Cat est arrivée au self, tout tranquillement. Moi, en revanche, j'étais incapable de me comporter comme si tout était normal.

– J'ai besoin de prendre l'air, ai-je déclaré.

Il fallait que je sorte avant de faire une chose que je regretterais ensuite. Comme écraser mon sandwich sur son nez parfait.

Ce soir-là, je me sentais super mal en regardant Ryan s'activer sur les travaux sans se douter de ce que Cat trafiquait. J'ai décidé d'attendre d'être cent pour cent sûre avant de lui dire quoi que ce soit. David avait mentionné un rendez-vous à 8 heures. J'ai décidé de le suivre pour en avoir le cœur net.

Je n'ai pas eu trop de mal à m'esquiver à 7 heures 30 : papa était occupé en haut avec deux copains plâtriers qu'il avait promis de payer avec des faux-filets bio.

Ils avaient démoli la commode et l'armoire miniatures de ma chambre, et ils plâtraient mes murs pour les peindre ensuite dans la couleur de mon choix. Moi qui attendais ça depuis des années, j'étais trop en colère contre Cat pour pouvoir m'en réjouir.

Je me suis planquée dans le jardin jusqu'à ce que David sorte de chez lui et prenne la direction du centre-ville. Je l'ai suivi à distance prudente, en me demandant ce que Gem penserait de ma nouvelle initiative. Elle dirait sûrement que j'avais perdu la boule, et elle n'aurait sans doute pas tort.

David s'est arrêté devant le foyer socio-éducatif de Greenfields et il a regardé sa montre. Cat était en retard. Bien sûr, ai-je songé. Quelqu'un comme elle savait qu'elle pouvait se permettre de faire attendre les garçons.

Enfin, elle est arrivée, superbe, comme d'habitude. Ils se sont serrés très fort, puis David l'a embrassée sur la joue. Il avait un bras autour de ses épaules quand ils sont entrés dans le foyer. Les choses n'auraient pas pu être plus claires.

Je suis rentrée chez moi le cœur lourd, en me demandant comment Ryan allait réagir. J'ai décidé de continuer à me taire tant que je n'aurais pas discuté avec Cat. Le mieux était qu'elle le lui dise elle-même.

De retour à la maison, je me suis jetée dans les travaux, trop dégoûtée pour bavarder avec Ryan, qui, le pauvre, était d'excellente humeur.

– Je n'arrive pas à joindre Cat, m'a-t-il signalé. Elle a dû éteindre son portable. Tu sais ce qu'elle fait ce soir ?

– Non, ai-je dit, la gorge nouée.

La seule chose qui m'a un peu sortie de mon abattement a été un coup de téléphone.

– Sam ! Allume la télé ! m'a dit un Taylor survolté. Je passe à la prochaine coupure de pub !

J'ai retiré le drap qui protégeait la télé et je l'ai allumée juste à temps pour voir le début des pubs. Puis j'ai vu Taylor.

– Puffy-Wheats, les boules de maïs soufflé ! Un bol et on est regonflé ! chantonnait-il.

Il était déguisé en boîte de céréales, avec juste les bras, les jambes et sa tête toute ronde et enjouée qui dépassaient. Il dansait comme un diable dans les allées d'un supermarché en faisant de grands signes aux clients, qui lui répondaient en levant le pouce et en agitant les bras.

– C'est un copain à toi ? m'a demandé Ryan, stupéfait, son pinceau suspendu en l'air.

–J'en ai bien peur, ai-je confirmé.

J'étais contente d'avoir vu Taylor. Ça m'avait montré que, même quand on a l'impression que le mauvais sort s'acharne sur vous, il y a toujours quelqu'un de plus à plaindre. J'avais beau traverser une sale période, au moins, je ne dansais pas déguisée en paquet de céréales géant en l'honneur de Puffy-Wheats devant des millions de téléspectateurs.

TANIA HAMILTON
C'est cool que Sam ait retrouvé sa vraie place, avec ses amis losers.

» Angela Murray **Le club des fans des ongles noirs, composé de... Taylor !**

21

Gemma Smith
n'est pas en ligne.

Il était dix heures du soir. J'étais mal à cause de Cat et de David, et de leur mensonge. J'en avais marre de vernir des plinthes et les vapeurs du produit me donnaient la migraine. Il fallait que je parle à Gem. Ryan m'a de nouveau prêté son ordinateur, mais elle n'était toujours pas en ligne. Je l'ai appelée sur son fixe.

C'est sa mère qui m'a répondu, d'un ton un peu distant. Oui, elle pouvait me passer Gemma, elle allait la chercher. Gemma a pris le téléphone et m'a dit, assez sèchement, qu'elle était désolée que je ne sois pas en forme, apparemment, mais qu'elle n'avait pas envie de me parler.

Elle m'a dit que je ne lui avais pas posé une seule question sur elle ni sur les jeux des Highlands, alors qu'elle m'avait annoncé qu'elle avait rencontré quelqu'un.

Elle m'a dit qu'elle savait que je n'avais pas beaucoup de temps, mais que j'avais préféré aller sur Facebook que de discuter avec elle. Elle avait attendu que je reprenne la conversation, mais au fur et à mesure que le temps passait, elle avait compris qu'elle était stupide de croire que je tenais assez à elle pour que ça m'intéresse.

Elle m'a dit qu'elle préférait ne plus me parler pour le moment.

Elle m'a dit au revoir.

Après qu'elle a raccroché, je suis restée assise près du téléphone, un peu hébétée. Gemma avait raison. J'étais une amie horrible. Je ne me préoccupais pas assez d'elle pour m'être intéressée à sa grande nouvelle. J'étais trop absorbée par mes problèmes personnels.

Je suis allée me coucher peu après et je suis restée allongée dans mon lit, à réfléchir à mon attitude égocentrique de ces derniers temps. J'étais tellement centrée sur moi-même que j'avais oublié d'être une vraie amie.

J'ai pris mon harmonica, qui était posé à côté de mon lit. Le cadeau de David. Je l'ai porté à mes lèvres. Pour exprimer mon humeur, j'aurais dû jouer un air sombre et mélodieux. Mais je n'ai réussi qu'à émettre un horrible croassement. On aurait dit Craspouille soumis à la torture.

– Silence ! a braillé Ryan de l'autre côté du mur.

Le lendemain à midi, ayant oublié que je fuyais Cat, j'ai débarqué au self. Elle était avec Taylor, désormais entouré d'une espèce d'aura de célébrité.

À une table voisine, un groupe de cinquièmes chantaient : « Puffy-Wheats les boules de maïs soufflé ! Un bol et on est regonflé ! »

Taylor souriait en agitant la main comme la reine d'Angleterre.

– Pas d'autographes, l'ai-je entendu déclarer.

Assise en face de lui, Cat était pliée de rire. Je n'ai pas eu la force de les rejoindre. Je voulais régler mes comptes avec elle, mais je n'étais pas prête. Impossible de me réfugier au CDI, au cas où David y serait. Du coup, j'ai mangé mon sandwich en traînant dans les couloirs, histoire de tuer le temps jusqu'aux cours de l'après-midi.

Bien sûr, il a fallu que je tombe sur Tania, Angela et Becky.

– NON ! s'est écriée Tania. La pauvre, elle mange son sandwich toute seule dans les couloirs !

– Lâche-moi un peu, ai-je répliqué en la bousculant pour passer. C'est drôle trois minutes, mais à la longue, ça devient lassant.

– Oooooh, pardon de remarquer à quel point ta vie est devenue un désert depuis que ta BFF est partie, a-t-elle lancé dans mon dos. Tu peux toujours essayer de ne plus te comporter comme une gamine de cinq ans, tu ne sais même pas par où commencer ! Tu n'es pas fichue de te mettre de l'eye-liner correctement ! Et ta nouvelle amie miss Canon, *si* belle et *si* parfaite ! Forcément que tout le monde la préfère à toi ! Bouhou, la *pôvre* petite Sam !

J'ai poursuivi mon chemin sans lui répondre, mais en songeant qu'elle n'avait peut-être pas tort. Avant, toute ma vie tournait autour de Gemma. On passait notre temps ensemble à faire les gamines, parce que c'était agréable de rire de tout. Des gens comme Tania avaient pu croire qu'on se moquait d'eux. Ce qui était peut-être parfois le cas.

Et si Gem et moi, dans notre genre, on avait été aussi pestes que Tania et ses sbires ? Ça donnait à réfléchir.

À tel point que je n'ai pensé qu'à ça tout l'après-midi.

« Qui suis-je ? me suis-je interrogée encore et encore. Qui suis-je *vraiment* ? »

Je croyais le savoir : Sam la nunuche. Je croyais savoir qui je voulais être : Sam la mystérieuse, Sam la cool, Sam l'intéressante. Maintenant, tout était embrouillé et aucune de ces deux Sam ne me semblait très sympathique.

Après les cours, je n'ai pas eu le courage de rentrer directement à la maison, parce que j'allais tomber sur Ryan et que c'était horrible de savoir qu'il aurait bientôt le cœur brisé.

Alors je suis allée traîner dans le centre-ville, en essayant de prendre tout mon temps. Je passais devant une cafétéria quand j'ai vu Lucy avec sa mère derrière la vitrine. Elle m'a fait un signe de la main et j'ai décidé d'entrer leur dire bonjour, d'autant que j'avais raté son cours du samedi précédent.

– Tu veux – t'asseoir avec nous ? m'a-t-elle proposé en me désignant une chaise.

– Oui, avec plaisir, ai-je dit en m'installant.

– Ça ne vous gêne pas si je vais à la poste ? a demandé sa mère.

Et elle nous a laissées, visiblement ravie que sa fille ait une copine pour lui tenir compagnie.

– Je vais me chercher quelque chose, ai-je dit en me levant. Tu veux que je te rapporte un truc ?

– Une – glace, m'a répondu Lucy avec l'expression de quelqu'un qui décide de ne pas être raisonnable. À la vanille, s'il te plaît.

J'ai décidé de m'en prendre une aussi, et peu après, on savourait tranquillement nos glaces.

– Sheila était de – très mauvaise humeur samedi, m'a confié Lucy. Je lui ai demandé où tu étais et elle m'a – dit que tu étais à un festival. Ça n'avait pas l'air de – beaucoup l'impressionner.

– Non, ai-je dit en riant, et mon eye-liner non plus ne l'a pas impressionnée.

J'ai regretté ma remarque aussitôt en me rappelant que Lucy elle-même n'aimait pas trop mon nouveau look. J'allais encore m'attirer des critiques.

Mais elle s'est contentée de continuer à manger sa glace en m'observant sans faire de commentaires. Je ne savais plus trop où me mettre. Bon, d'accord, j'avais changé de style, mais pas tant que ça quand même !

– Tu vas revenir au haras ? m'a-t-elle demandé tout à coup.

– Évidemment ! ai-je répondu, surprise. Qu'est-ce qui te fait penser le contraire ?

– Oh, un truc – qu'a dit Sheila.

– Elle a dit quoi ?

Lucy a secoué la tête.

– Je ne me – rappelle pas bien… Mais je crois qu'elle pense qu'elle – t'a vexée, ou je ne sais quoi.

– Mais pas du tout, ai-je affirmé. Je serai là samedi prochain.

Lucy a paru rassurée.

– J'en étais sûre. Tu aimes trop – Muscade pour arrêter de venir.

– Ce n'est pas seulement à cause de Muscade, ai-je rectifié. Il y a beaucoup de gens qui me manqueraient. Même Sheila la râleuse, elle me manquerait. Je crois bien que mon travail au haras est la seule chose sympa dans ma vie en ce moment. Je t'ai parlé de Cat et de David, le garçon qui me plaît ? Ils se voient en secret. Je me sens vraiment idiote, et trahie. Et Gemma me manque. Mais elle ne veut plus me parler parce que je ne m'intéresse pas assez à ce qui se passe dans sa vie.

Je me suis appuyée au dossier de ma chaise, épuisée d'avoir tout balancé d'un coup.

– Ou-ah ! a commenté Lucy. C'est moche !

– Le truc, ai-je repris, c'est qu'à part le mensonge de Cat, j'ai l'impression d'avoir mérité tout ça. D'avoir tout bousillé. Et sans ma mère et Gemma pour me remettre les idées en place, je suis en train de devenir quelqu'un d'horrible et de totalement égoïste.

Ça a fait rire Lucy.

– Enfin, Sam ! Tu ne peux pas devenir – quelqu'un d'horrible et de totalement égoïste. Tu es gentille et – drôle et généreuse et…

– Mais non ! l'ai-je interrompue. C'est peut-être l'image que tu as de moi, mais je ne suis pas comme ça. Je suis mesquine, jalouse et égocentrique ! Pour commencer, je suis jalouse de Cat parce qu'elle est belle… Ensuite, Gemma avait un super scoop à m'annoncer à propos de son week-end et je n'ai même pas cherché à savoir ce que c'était. Tout ce qui m'intéressait, c'était ce qu'on disait de moi sur Facebook !

– Écoute, m'a dit Lucy. Tu es trop dure avec toi-même. Personne n'est – parfait. Si tu lui expliques, Gemma comprendra.

– Espérons. Mais regarde, je suis encore en train de parler de moi et je ne t'ai pas posé une seule question. Comment vas-tu ?

– Pas trop mal, m'a-t-elle répondu, avec une petite grimace d'effort. Je crois que je suis – prête pour les exams. Mais c'est un peu stressant. Je veux devenir avocate, une – bonne avocate. Je voudrais avoir une vie indépendante, mais il va peut-être me – falloir des années pour y arriver.

– Je suis sûre que tu réussiras dans tout ce que tu feras, ai-je observé. Surtout si tu travailles aussi dur que pour l'équitation.

– C'est – sympa de me dire ça. Ça me fait du bien de l'entendre. Mais parfois, j'ai du mal à croire que je pourrai vivre la vie que je veux. C'est super – frustrant d'avoir besoin d'aide pour tout. Je voudrais être capable de mettre du – dentifrice sur ma brosse à dents toute seule, de manger sans m'en mettre partout. Je voudrais – pouvoir prendre un bain sans que ce soit tout un – cirque. Il y a des moments où ça me donne – envie de hurler.

Plus je l'écoutais, plus j'avais honte de m'apitoyer sur mon sort. On a continué à discuter de ses projets.

– Sam, m'a dit Lucy plus tard dans la conversation. J'étais sincère tout à l'heure. Tu es – géniale telle que tu es. Tu as – tort de vouloir changer.

J'ai compris qu'elle faisait allusion à mon changement de style et, pour la première fois, je me suis demandé si Sheila et elle n'avaient pas raison. J'étais peut-être passée d'un extrême à l'autre, entre les pulls arc-en-ciel et le look total black. C'est le style de Cat, mais on n'a pas du tout le même genre de physique. Elle est brune, je suis blonde. Ce qui lui va ne me va pas forcément à moi.

Quand la mère de Lucy est revenue, je leur ai dit au revoir et je suis rentrée chez moi. Il était temps que je prenne les choses en main. Il y avait des choses à améliorer, et ça ne concernait pas que la décoration.

Quand je suis arrivée à la maison, le nouveau plancher était posé. C'était super chouette. Mais si le rez-de-chaussée commençait à prendre tournure, l'étage était un vrai chantier.

Le soir, j'ai emprunté l'ordinateur de Ryan, je l'ai emporté dans ma chambre et j'ai regardé si j'avais un message de Gemma.

Sam Wallis

Gem, excuse-moi. Tu veux bien me répondre ?

Il ne s'est rien passé. Aucun signe de réponse. J'ai attendu deux minutes. Apparemment, elle était toujours connectée, mais elle refusait de me parler. J'ai réessayé.

Sam Wallis

Je suis une crétine. La plus grosse crétine de Crétineland. Au point que même les crétins me trouvent crétine. Je suis la reine des crétines.

Rien. Deux autres minutes se sont écoulées. J'ai tout bazardé, ai-je pensé. J'ai détruit notre amitié, et j'ai bien mérité que Gemma m'en veuille.

Craspouille est entré dans ma chambre à pas feutrés en me jetant un regard méfiant. Il devait être aux aguets au cas où je brandirais sa tenue de pom-pom girl, vision qui l'aurait averti qu'il devait prendre ses pattes à son cou. Je n'avais même pas envie de le déguiser. Pourtant, il est grandiose en pom-pom girl.

L'écran de l'ordinateur restait désespérément vide en dessous de ma dernière phrase. Rien. J'attendais que Gem se déconnecte, tout en le redoutant, parce qu'à ce moment-là je serais obligée d'admettre qu'elle ne voulait plus jamais me parler.

Puis, un petit encadré est apparu au nom de Gemma. Elle était en train de m'écrire !

Gemma Smith

Oui, tu es une crétine.

Sam Wallis

Je sais. Je voudrais vraiment savoir ce qui s'est passé aux jeux de Highlands, si tu veux bien me raconter.

Gemma Smith

Tu ne le mérites pas, tu es trop crétine.

Sam Wallis

Mais je suis une crétine extrêmement curieuse. Je t'en priiiiiiiiiie !

Gemma Smith

Bon, d'accord. Alors... JE SUIS AMOUREUSE ! Maintenant je comprends ce que tu ressens pour ADTV ! Il s'appelle Campbell. Il a des cheveux très noirs et des yeux marron clair et il a quinze ans et il est trooop craquant ! Il a des biceps parce qu'il travaille dans la ferme de son père, et il a un BATEAU DE PÊCHE À LUI !

Sam Wallis

Il a l'air génial !! Je veux tout savoir !

Gemma Smith

Sa mère a adoré mes écharpes et s'est mise à discuter avec ma mère et moi. Elle a dit que j'étais une fille super et qu'elle aimerait beaucoup me présenter son fils ! J'imaginais un petit garçon à sa maman avec la raie au milieu, mais par politesse, j'ai dit que ça me ferait plaisir. Là-dessus, elle disparaît pour revenir avec LUI !!! Je n'arrivais plus à aligner deux mots !

Sam Wallis

Une vraie histoire à l'ancienne !

Gemma Smith

Je sais, c'est dingue ! On a décidé qu'il allait m'emmener au barbecue, mais c'était trop bizarre, super poli et tout, avec nos mères qui étaient là. Ça s'est arrangé une fois qu'on s'est retrouvés seuls. On a passé la soirée à discuter, et il m'a posé plein de questions sur les différences entre la vie en Écosse et en Angleterre. Je lui ai tout raconté sur toi et sur Ploucfields. Je mourais d'envie qu'il m'embrasse, mais il m'a juste fait un petit bisou sur la joue à la fin de la soirée en me disant qu'on se reverrait le lendemain. En fait, il n'est revenu que le dimanche après-midi.

Sam Wallis

Oh non ! Tu as dû avoir peur qu'il ait changé d'avis !

Gemma Smith

Tu peux le dire ! Surtout qu'au départ, tout ça, c'était l'idée de sa mère, pas la sienne ! Je n'étais pas du tout sûre de lui plaire. Et puis, tout à coup, je l'ai vu sortir de la foule ; il a dit qu'il me cherchait depuis le matin. Il était même allé chez moi. On a passé le reste de la journée ensemble.

Sam Wallis

Et il t'a embrassée ?

Gemma Smith

☺

Sam Wallis

C'est vrai ?!

Gemma Smith

!!!!!!!!!!

Sam Wallis

Tu l'as revu depuis ?

Gemma Smith

Non, mais il vient me voir le week-end prochain. On va sortir en mer sur son bateau !

Sam Wallis

Ooooooooooh !

Gemma Smith

Et toi, comment ça se passe ? J'ai vu que Tania avait arrêté de s'acharner sur toi sur Facebook. Sûrement parce que tu n'as pas répondu et qu'elle sait qu'elle n'est plus dans ta liste d'amis. Ça s'arrange ?

Sam Wallis

Elle continue à me balancer des vannes complètement débiles. Cat me reparle, mais elle m'a menti. Elle voit David en douce, alors qu'en plus elle est censée sortir avec Ryan.

Gemma Smith

QUOI ?

Sam Wallis

Elle m'a juré qu'ils étaient juste amis, mais ça crève les yeux qu'il y a autre chose entre eux. Elle ne sait pas que je les ai vus ensemble, d'abord en train de se tenir la main au CDI, et ensuite quand ils sont sortis l'autre soir.

Gemma Smith

Il faut que tu lui parles.

Sam Wallis

Je vais le faire. C'est juste que je ne sais pas vraiment quoi lui dire.

Gemma Smith

Dis-lui que c'est une menteuse hypocrite !!!!!!

Sam Wallis

Ça me fait tellement de bien de pouvoir te raconter tout ça ! Et je suis TROP CONTENTE POUR TOI ! Comme quoi, même s'ils t'exilent aux Hébrides, tes parents ne peuvent pas t'arrêter !!!! Vas-y, ma Gem !!!! Il va falloir que j'y aille, on continue les travaux à la maison.

Gemma Smith

Hi hi. OK. On se parle demain ? Dis donc, j'ai vu la pub pour Puffy-Wheats !!!

Sam Wallis

PTDR. À d'main ! Bisous

Gemma Smith

Bisous !

C'était génial de pouvoir de nouveau bavarder avec Gemma. Soudain, je voyais les choses à travers ses yeux et ceux de Lucy.

OK, je ne suis pas parfaite. Mais qui est parfait ?

22

TANIA HAMILTON
a vu Sam Wallis au centre-ville avec son amie SPÉCIALE. Deux demeurées en train de manger de la glace. Trop drôle.

Le téléphone a sonné très tôt ce matin-là. C'était Gemma, sur une ligne qui grésillait, qui voulait me prévenir du message de Tania sur Facebook. Apparemment, elle avait ajouté à son post une photo où on nous voyait, Lucy et moi, en train de manger nos glaces dans la cafétéria. Je ne pouvais pas consulter son message, vu qu'on n'était plus « amies ».

– C'est pas vrai ! me suis-je écriée.

– Ça me met en colère pour Lucy ! m'a dit Gemma. Pourvu qu'elle ne tombe pas dessus !

Dix minutes plus tard, le téléphone s'est remis à sonner. C'était Becky, qui semblait très agitée.

– Sam, je veux que tu saches qu'après ce qu'elle a fait, je ne veux plus entendre parler de Tania.

Je n'aurais pas imaginé qu'autant de monde se connectait avant le petit déjeuner.

Ensuite, c'est tante Penny qui a appelé d'Australie en insistant pour que je lui passe papa. Gemma avait dû lui dire un truc. Je pense que tante Penny en a profité pour raconter à papa toutes les vacheries que Tania racontait sur mon compte. Je n'avais jamais vu papa si en colère.

– Pourquoi ne m'as-tu pas dit que cette fille te harcelait sur Facebook ? m'a-t-il demandé.

Je n'ai pas su quoi répondre. Si ce n'est que je n'avais pas pris ça pour du harcèlement. Pas au début, en tout cas. Ça s'était mis en place petit à petit, sans que je m'en rende vraiment compte.

Au milieu de tout ça, j'essayais de me préparer pour partir en cours. Je cherchais mes chaussures quand on a sonné à la porte. J'ai ouvert, et c'était David Matthieson.

– Comment ça va ? m'a-t-il demandé.

Visiblement, il était au courant. Les nouvelles vont vite.

– Je croyais que tu ne me parlais plus, ai-je observé, en essayant de ne pas montrer que le simple fait de le voir me faisait perdre mes moyens.

– Bien sûr que si, a-t-il protesté. Alors, qu'est-ce que tu vas faire pour Tania ?

J'ai haussé les épaules.

– Rien ! Je crois que tout le monde va s'en charger.

Je ne m'étais pas trompée.

Papa a insisté pour me conduire au collège avec David et Ryan. Personne n'a dit un mot de tout le trajet. Une fois sur place, il est allé voir mon prof principal. Un peu plus tard, j'ai appris que Tania avait été renvoyée temporairement et que sa mère était venue la chercher.

À l'heure du déjeuner, on a tous été convoqués pour une réunion spéciale où on a écouté un discours sur la responsabilité citoyenne, la discrimination et le harcèlement. L'impact était si énorme qu'on aurait dit une bombe nucléaire.

Évidemment, des tas d'élèves avaient vu la photo de Lucy et moi. Ces trucs-là se répandent comme une traînée de poudre. Toute la matinée, beaucoup sont venus me dire qu'ils étaient désolés de ce qu'elle avait fait. À midi, Becky Robinson avait l'air totalement sonnée. Quant à Angela Murray, elle avait carrément disparu.

J'ai déjeuné avec Cat et Taylor, qui ont passé tout le repas à dire combien ils étaient choqués et à me demander si ça allait, si ça allait *vraiment*.

Cat était au bord des larmes, tellement elle était chamboulée pour Lucy et moi.

– Mais comment elle a pu faire un truc pareil ! répétait-elle, indignée.

Et pendant tout ce temps, je pensais : « Comment toi, tu as pu faire un truc pareil, Cat ? »

J'aurais voulu lui parler, lui dire que je l'avais vue avec David, mais le moment paraissait mal choisi. Le scandale provoqué par l'attaque de Tania sur Facebook avait relégué tout le reste au second plan. Et c'était Lucy qui m'inquiétait le plus. Le post avait été retiré, mais elle avait pu avoir le temps de le voir. Greenfields est une petite ville et Lucy va au lycée. La nouvelle avait-elle pu arriver jusque-là ? J'espérais que non. Il fallait que je lui parle.

Le cours de chimie avec Darcie m'a paru être une oasis de calme au milieu de la tempête.

– Désolée pour ce qui s'est passé, m'a-t-elle dit en alignant soigneusement notre matériel sur la paillasse. J'aimerais bien faire la connaissance de ton amie. Lucy, c'est ça ? C'est drôle, vous vous ressemblez. On dirait que c'est ta sœur.

– C'est vrai qu'elle est un peu comme ma grande sœur, ai-je admis en souriant. Elle te plairait.

David a réapparu à la fin des cours, au moment où j'allais rentrer chez moi.

– Je peux t'accompagner ? m'a-t-il demandé.

– OK, ai-je répondu, toute gênée.

Qu'est-ce que vous voulez, on ne peut pas arrêter d'être amoureux de quelqu'un simplement parce qu'on sait qu'il en aime une autre. Il faut un peu de temps pour oublier un gros coup de foudre comme celui que j'avais eu pour David. Et il suffisait qu'il se tienne à côté de moi pour que j'aie un coup de chaud et que je me sente toute chose. Mes joues avaient pris leur horrible couleur cramoisie habituelle.

– Excuse-moi d'avoir réagi comme ça après l'histoire du festival, m'a-t-il dit. Je t'en voulais d'être partie au milieu du concert de Mister Bleaney pour suivre quelqu'un que tu ne connaissais même pas. J'ai pensé que…

Je me suis arrêtée net. Est-ce qu'il essayait de me dire qu'il se préoccupait de ce que je faisais ? C'était absurde. J'ai revu son visage quand il regardait Cat. Je les avais vus au CDI. Je l'avais vu passer son bras autour de ses épaules devant le foyer socio-éducatif.

Je l'ai interrompu en me tournant vers lui :

– Écoute, je t'ai vu avec Cat l'autre soir avec le bras autour de ses épaules. Et je vous ai vus vous tenir les mains au CDI. Je sais ce qui se passe. Et vous, vous en faites tout un secret. Je croyais qu'on était amis, tous les trois.

Je me suis remise à marcher, assez vite pour lui montrer que je n'attendais pas de réponse. Maintenant que tout était dit, on n'avait plus qu'à repartir chacun de son côté.

Mais non.

– Sam, attends ! m'a-t-il crié en me rattrapant. Laisse-moi au moins t'expliquer !

Et voilà comment on s'est retrouvés dans la cafétéria où j'avais mangé une glace avec Lucy. Il a insisté pour me payer un chocolat chaud, mais j'ai refusé. Je ne voulais rien accepter de lui. De toute façon, il me restait encore de l'argent de maman.

Je me suis offert la version de luxe avec chantilly et vermicelles au chocolat. Comme ça, j'avais un truc délicieux pour me consoler pendant qu'il me racontait la vérité sur Cat et lui.

La perspective n'avait rien d'agréable.

– On est plus que des amis, a-t-il commencé, mais pas dans le sens que tu crois. En fait, on ne se voyait pas seulement au collège à Bredborough. À cause des circonstances, on se rencontrait aussi en dehors.

J'ai hoché la tête, sans bien comprendre. Il a inspiré à fond.

– Mon père est alcoolique. C'est pour ça qu'il est parti. Maman l'a mis dehors parce qu'il promettait tout le temps d'arrêter mais qu'il ne le faisait pas. Quelquefois, il devenait violent. Il ne nous a jamais frappés, mais il cassait des trucs. Après son départ, j'ai eu l'impression que c'était en partie de ma faute. J'ai arrêté de travailler et j'ai commencé à sécher les cours. Ma mère était super inquiète et elle m'a trouvé un groupe de soutien pour enfants de parents alcooliques. J'ai mis des mois à me décider, mais quand j'y suis allé, devine sur qui je suis tombé ?

– Cat ? ai-je murmuré.

Évidemment.

– À cause de sa mère, m'a confirmé David. Elle ne buvait pas autant que mon père, mais assez pour décider de se faire aider pour arrêter. Elle allait à des réunions et Cat aussi. J'espère que je peux compter sur toi pour ne pas répéter tout ça.

J'ai fait oui avec la tête. De toute évidence, il ignorait que j'étais déjà au courant.

– Et il y avait d'autres problèmes, a-t-il poursuivi. Cat se faisait harceler au collège et sur Facebook. C'est pour ça qu'elle s'est désinscrite. Il y avait une bande de filles qui s'acharnaient sur elle. Si sa mère l'a ramenée à Greenfields, je crois que c'est aussi pour ça, pas seulement pour la maison. Elle avait besoin de repartir de zéro. À l'époque, j'ai essayé de la soutenir, mais les filles ont poussé leurs copains à me taper dessus et ça m'a attiré encore plus d'ennuis.

C'était horrible. Cat m'avait mentionné des bagarres. Et quand elle m'avait dit que les filles comme Tania la détesteraient toujours, c'était sûrement une allusion à cette histoire de harcèlement. Tout s'éclairait.

– Pauvre Cat ! ai-je dit. Ça a dû être terrible pour elle.

– Oui. Mais ça va beaucoup mieux maintenant, en grande partie grâce à toi. Tu lui manquais vraiment.

– C'est elle qui te l'a dit ?

– Oui. Elle me parlait tout le temps de toi, de sa grande amie super marrante qui s'appelait Sam et qui lui manquait beaucoup. C'est drôle, mais quand je t'ai rencontrée, j'avais déjà l'impression de te connaître.

– Elle s'est beaucoup confiée à toi, ai-je remarqué.

David a acquiescé d'un hochement de tête.

– Ça fait partie du fonctionnement des groupes de soutien. C'est pour ça qu'on est si proches, tous les deux. On est presque comme frère et sœur.

Je l'ai regardé, incrédule.

– Mais je vous ai *vus*. Je vous ai vus vous tenir la main au CDI. Et je vous ai revus tous les deux l'autre soir devant le foyer socio-éducatif. Tu avais un bras autour de ses épaules.

J'ai vu qu'il essayait de resituer les choses. Puis, ça a semblé lui revenir.

– Cat était venue au CDI m'annoncer qu'une société de

production musicale avait contacté le groupe. C'est pour ça qu'on était aussi contents – on n'arrivait pas à y croire ! Ils aiment beaucoup Mister Bleaney. Ils veulent rencontrer le groupe, et moi aussi, à cause des chansons que j'ai écrites. Je ne sais pas de quoi ça avait l'air, mais je t'assure qu'on était juste en train de se féliciter. Et quant au foyer, c'est là que se réunit le groupe de soutien. Crois-le ou pas, chaque mois, ça demande un sacré effort d'y retourner.

En réfléchissant, j'ai su qu'il disait la vérité. Au CDI, ils avaient l'air aux anges. Ça pouvait se comprendre qu'ils se tiennent la main en partageant ce genre de nouvelles. Quant à son bras autour des épaules de Cat, cette fois, je pouvais voir ce geste pour ce qu'il était : un geste de réconfort.

– Je peux te poser une question ? C'est toi qui as écrit les paroles de *Looking for You* ?

– Oui, m'a-t-il répondu, surpris. Pourquoi ?

Je me suis sentie rougir et j'ai baissé les yeux.

– J'aime beaucoup cette chanson.

– Merci.

Ça a paru le gêner, et en même temps lui faire plaisir. Je n'arrivais pas à le regarder. Alors je touillais mon chocolat, les yeux fixés sur le tourbillon de vermicelles et de chantilly.

– Donc, Cat et toi… vous ne sortez pas *vraiment* ensemble ? ai-je enfin réussi à dire.

J'ai bu une gorgée de chocolat.

– Je te jure que non. On n'est jamais sortis ensemble.

J'ai relevé la tête. Clairement, il disait la vérité, mais il y avait une autre chose que j'avais besoin de savoir.

– C'est parce qu'elle ne voulait pas ?

J'avais du mal à croire qu'il soit le seul garçon du collège à rester insensible au charme de Cat.

– Crois-moi si tu veux, elle n'est pas du tout mon genre, m'a-t-il déclaré.

Je ne le croyais pas.

– Et c'est quoi, ton genre ?

Il m'a regardée.

– Pas celui de Cat. Au fait, tu as une moustache de chocolat.

23

Après m'être débarrassée de ma très séduisante moustache, je suis rentrée chez moi avec David. Qu'est-ce que ça voulait dire, que son genre n'était «pas celui de Cat»? Il préférait quoi? Les filles atrocement moches?

Quand on est arrivés devant chez moi, j'ai failli lui proposer d'entrer pour lui montrer les travaux. Mais avant que j'aie pu me décider, il m'a dit au revoir et il a filé chez lui.

J'étais déçue, mais pas étonnée. Je venais quand même de lui faire subir un interrogatoire sur sa relation avec Cat. De quoi lui donner envie de fuir.

En traînant les pieds, je suis entrée dans la cuisine où papa était perché sur un des nouveaux tabourets du comptoir, l'air inquiet.

– C'est quoi, le problème? lui ai-je demandé. Elle est géniale, cette cuisine!

Elle était vraiment top. Le rez-de-chaussée était entièrement terminé. Aux trois murs vert pâle et au mur-décor couvert de papier peint stylé s'ajoutait un ensemble fauteuils-canapé assorti. Il y avait aussi un nouveau buffet, et papa avait fixé la télé au mur au-dessus de la cheminée, ce qui libérait beaucoup de place.

Le parquet en chêne tout neuf allait jusqu'à la cuisine, elle-même équipée d'un nouvel éclairage, d'une nouvelle table et de nouvelles chaises, qui tenaient debout, contrairement aux vieilles. On se serait crus dans un magazine et plus dans notre vieille maison.

– Je sais, a gémi papa, mais à l'étage, c'est un cauchemar, et elle revient *demain* ! Il reste trois chambres à peindre, plus le sol et un pare-douche à poser dans la salle de bains. Sans parler de l'installation des placards intégrés qui représente déjà une journée de boulot. Même avec ton aide et celle de Ryan, je n'y arriverai pas à temps. Je ne peux plus compter sur les copains, ils en ont déjà fait beaucoup. Je ne peux pas leur demander de sacrifier en plus leur vendredi soir.

Il avait l'air super déçu.

– Il suffit de trouver d'autres gens pour nous aider, ai-je déclaré, avec plus d'assurance que je n'en avais. Je m'en occupe !

SAM WALLIS
APPEL À L'AIDE ! Ceci est un SOS à tous ceux qui savent tenir un pinceau. On a besoin d'aide pour finir les travaux chez nous avant le retour de ma mère demain.

» **Hannah Kermack** Je suis là dans une demi-heure.
» **Becky Robinson** Tu peux compter sur moi ; j'amène mes sœurs.
» **Darcie Clelland** Je viendrai vers 18 h.
» **Sam Wallis** Mettez de vieux habits ! On fournit la pizza !
» **Taylor Griffen** Ça marche. À tout à l'heure.

J'ai envoyé un texto à Cat, qui m'a dit qu'elle allait prévenir David. J'étais sûre qu'il ne viendrait pas, et j'ai été passablement étonnée de le voir arriver parmi les premiers. Papa n'en revenait pas de voir autant de gens débarquer en demandant ce qu'ils pouvaient faire pour nous aider.

Taylor a déboulé dans un bleu de travail deux fois trop grand pour lui, muni d'une caisse remplie de pinceaux. On aurait dit qu'il venait passer une audition pour un rôle de peintre-décorateur nain.

– Même les stars doivent aller au charbon et se salir les mains de temps en temps, a-t-il déclaré avec le plus grand sérieux.

David s'est révélé être le champion du montage de placards. Il était assisté par Darcie, qui s'était assigné pour tâche de déchiffrer le mode d'emploi et de tout lui préparer dans le bon ordre. Papa en a profité pour se concentrer sur le carrelage de la salle de bains et sur le pare-douche avec Ryan et son copain Matthew, pendant que tous les autres peignaient comme si leur vie en dépendait.

J'ai remarqué que Taylor et Hannah s'entendaient particulièrement bien, et je me suis demandé si c'était la magie de son charme ou celle de son nouveau statut de star qui avait fini par opérer. En tout cas, elle hurlait de rire dès qu'il ouvrait la bouche.

À huit heures du soir, on commençait à avoir faim et Ryan et Cat sont allés chercher des pizzas.

Ils venaient de partir et on s'accordait une petite pause, quand quelqu'un a sonné à la porte.

Je suis allée ouvrir. Sur le seuil se tenaient Tania Hamilton et Angela Murray.

– Je viens pour m'excuser, m'a murmuré Tania, les yeux rivés sur ses pieds.

On voyait que c'était super difficile pour elle. Elle n'était plus que l'ombre d'elle-même, à un point presque effrayant.

– Entrez, leur ai-je proposé.

– Non, je ne peux pas, m'a répondu Tania en secouant la tête. J'espérais que tu me donnerais l'adresse de ton amie. Je dois aussi aller m'excuser auprès d'elle.

– Écoute, lui ai-je suggéré, viens au haras à onze heures demain matin. Elle y sera. Mais attention, je ne suis pas sûre qu'elle ait vu le post. Si elle n'est pas au courant, ça n'est peut-être pas une bonne idée.

Elle a acquiescé d'un hochement de tête.

– À demain matin, alors.

Et elles sont parties.

– Bon débarras, a commenté Becky Robinson.

– Elle s'est excusée, ai-je souligné. Je crois qu'elle est sincère. Moi, ça me suffit.

Becky a haussé les épaules. À mon avis, elle était soulagée

d'avoir trouvé une bonne excuse pour échapper une fois pour toutes à la tyrannie de Tania.

– Au fait, si ça ne te gêne pas, m'a-t-elle demandé, je pourrais manger avec vous au collège à partir de maintenant ?

– Bien sûr ! ai-je répondu en souriant.

Ryan et Cat sont revenus avec les pizzas, qui étaient délicieuses – sans doute parce qu'on mourait de faim. Puis on s'est remis à la peinture. Cat et moi, on repeignait ma chambre dans un parme magnifique. Deux bons points, parce que j'adore le parme et parce que ça me donnait l'occasion de discuter avec elle.

Je lui ai répété ce que David m'avait raconté à propos de son histoire de harcèlement.

– J'espère que ça ne t'embête pas que je sois au courant, ai-je dit.

– Non, c'est bon, m'a-t-elle répondu sans se tourner vers moi.

Je me suis éclairci la gorge.

– À partir de maintenant, on doit être honnêtes l'une envers l'autre, ai-je déclaré. On devrait pouvoir tout se dire.

Cat s'est arrêtée de peindre. Elle me tournait le dos, mais je voyais qu'elle cherchait les mots pour s'exprimer. Enfin, elle m'a dit :

– La vraie période de harcèlement n'a duré qu'un an, l'année dernière. Papa voyageait beaucoup pour son travail et maman n'allait pas bien. Elle passait ses journées à la maison avec ses toiles qui ne se vendaient pas. Elle croyait qu'il la trompait. Ça faisait environ deux ans qu'elle buvait trop, mais ça s'est aggravé d'un seul coup. Quand je rentrais du collège, elle était ivre, et le frigo était toujours vide. Elle a beaucoup maigri parce qu'elle ne mangeait rien. Évidemment, elle ne voyait plus personne depuis un moment, même pas ta mère. Quand papa rentrait, il lui criait dessus parce qu'elle ne s'occupait pas de moi. Il lavait mon linge, il remplissait les placards et le frigo, et puis il repartait, et ça recommençait. Un jour, j'ai même appelé chez toi. Je voulais te raconter ce qui se passait. J'avais besoin d'une amie. J'ai fait ton numéro, mais j'ai raccroché avant que quelqu'un réponde.

Je me suis approchée d'elle et je lui ai pris son pinceau des mains.

– Oh, Cat…

– Je faisais ce que je pouvais pour que les choses continuent à se passer normalement. Je repassais mon uniforme de collège et je me préparais mes sandwichs. Quand les profs ont commencé à s'inquiéter de voir mes notes baisser, je me suis mise à leur mentir pour expliquer pourquoi maman ne venait pas aux réunions ni aux rendez-vous qu'ils essayaient de lui fixer. En primaire, tant qu'elle allait encore à peu près bien, je m'en sortais. Mais arrivée au collège de Bredborough, je me suis vraiment retrouvée livrée à moi-même. Tout le premier trimestre, ça a été des histoires sur qui était amoureux de qui ; tu sais comment c'est. Les autres filles me demandaient sur quels garçons je flashais, mais ça ne m'intéressait pas. J'étais trop occupée à maintenir les choses plus ou moins à la normale à la maison. Je ne voyais vraiment pas ce que j'aurais fait d'un amoureux. Et à cause de maman, je n'étais pas comme les autres. C'est dur à expliquer, mais quand on a un secret horrible, ça se dresse entre toi et le reste du monde. Ça t'isole. Tu n'es plus comme les autres. Et je suis certaine que ça se sentait. Certaines filles ont commencé à m'en vouloir parce que des garçons qui leur plaisaient me préféraient, moi, alors que je m'en moquais complètement. Au fond, j'aurais dû jouer le jeu, leur dire que j'avais un copain. Peut-être qu'elles m'auraient moins vue comme une menace et qu'elles m'auraient laissée tranquille.

– Qu'est-ce qu'elles ont fait ? ai-je demandé.

Cat a fermé les yeux.

– Elles ont raconté toutes sortes de trucs sur moi. Rien que des mensonges. Ça a commencé sous forme de blagues, et je n'ai pas réagi. Et puis ça a empiré. C'est devenu une campagne de haine. Il y avait une fille en particulier qui menait le jeu. Un jour, elle a même débarqué chez moi. C'est ma mère qui lui a ouvert, et cette garce lui a balancé à la figure : « Vous savez que votre fille est une traînée ? »

Je suppose qu'elle s'attendait à une réaction, mais ma mère avait déjà presque vidé une bouteille de vin, à quatre heures de l'après-midi. Je l'ai entendue qui répondait : « Et alors, en quoi ça te regarde ? » Elle avait du mal à articuler, c'était horrible. Donc, bien sûr, la fille a raconté partout au collège que ma mère était une ivrogne. Le seul avantage du harcèlement, c'est que les gens ne l'ont pas crue, pas plus qu'ils ne croyaient que j'étais une « traînée » ni le reste. Au fond, tout le monde s'en fichait que ce soit vrai ou non. Du coup, ce que racontait cette fille n'avait pas d'importance. C'était le fait qu'elle le fasse qui était blessant.

Cat n'a pas pu continuer. Me raconter tout ça lui avait visiblement déjà coûté un gros effort.

– Ce qu'il faut que tu comprennes, ai-je dit, c'est que ça ne vient pas de toi. Ça n'est *jamais* venu de toi. Ça venait d'elles. Tu n'es absolument pas responsable de ce qu'elles ont fait.

– Le truc, m'a-t-elle répondu en reniflant, c'est que ça recommencera. Je le sais. J'ai fait tout ce que j'ai pu, je suis entrée dans le groupe… Vu de l'extérieur, tout a l'air génial. C'est comme si j'avais eu une seconde chance, je devrais être heureuse. Mais, en réalité, j'ai la trouille. J'ai tellement l'habitude qu'on me donne des coups de pied quand je suis par terre que je m'attends toujours à ce que ça recommence.

Je me suis assise à côté d'elle et j'ai passé un bras autour de ses épaules.

– Tu n'as pas besoin de t'inquiéter, je t'assure. Quoi qu'il arrive, je serai là, je te le promets. Et aussi Darcie, et Hannah, et Becky, et Taylor, et David. On se serrera les coudes et on ne laissera personne s'en prendre à toi. OK?

Cat s'est appuyée contre moi.

– Merci, Sam.

J'ai glissé une main sous mon lit pour en ressortir ma boîte à souvenirs. J'ai pris la carte postale qu'elle m'avait envoyée, des années plus tôt, et je la lui ai tendue.

– Tu l'as gardée ! s'est-elle exclamée.

Elle l'a retournée et l'a inspectée avec étonnement.

– Évidemment, ai-je répondu. Tu étais ma meilleure amie, tu te rappelles ?

Elle m'a regardée.

– J'aimerais bien le redevenir, m'a-t-elle dit. Je sais que tu es proche de Gemma…

Je lui ai serré l'épaule.

– Maintenant, j'ai deux meilleures amies. C'est encore mieux qu'une. Mais tu n'as pas intérêt à m'oublier quand tu seras célèbre.

Cat m'a souri, les yeux encore pleins de larmes.

– J'ai une autre question à te poser, ai-je dit. C'est du sérieux, ce que tu ressens pour Ryan ? Enfin, il te plaît *vraiment* ?

Elle a secoué la tête en riant.

– Tu ne vois pas qu'en fait ton frère est vraiment craquant ? Je t'assure ! Il y a des tas d'autres filles qui le pensent aussi. Et en plus, il est drôle.

Donc, il lui plaisait. Malgré sa *strangitude* globale.

Je me suis dit qu'il y avait peut-être un espoir pour tout le monde. Peut-être que la beauté est dans les yeux de celui qui regarde et pas dans les pages des magazines.

SAM WALLIS
tient à remercier tous ceux qui l'ont aidée ce soir.

» **Taylor Griffen** Pas de souci.

» **Gemma Smith** Bien joué ! J'ai hâte de savoir ce que ta mère va dire.

» **Penny Griffiths** On veut des photos !

24

On a peint presque jusqu'à minuit, mais on a fini. Après le départ des autres, papa, Ryan et moi, on est restés debout jusqu'à deux heures du matin pour ranger et nettoyer afin que tout soit parfait. Je me suis couchée épuisée mais contente. J'avais hâte qu'on soit samedi après-midi pour voir la réaction de maman.

Le lendemain matin, je me suis arrangée pour arriver tôt au haras. Je voulais avoir le temps de prévenir Sheila que Tania allait venir voir Lucy.

– Quelle idiote, cette fille ! a commenté Sheila. J'espère que Lucy va bien.

Il s'est avéré qu'elle allait très bien. Elle n'avait pas vu le post, mais une de ses amies lui en avait parlé.

– Je suis – contente qu'ils l'aient enlevé aussi vite, nous a-t-elle dit. C'est surtout à ma mère que ça ferait de la peine. Moi, j'ai l'habitude !

– Tu as *l'habitude* ? ai-je répété, choquée.

– Oui, j'entends des trucs comme ça dans la rue. Je me dis que certaines – personnes sont méchantes parce que ça les met mal à l'aise de me voir dans un – fauteuil. Au fond, ça leur fait peur. C'est pénible quant les gens n'arrivent pas à voir au-delà de mon handicap. Même certains de ceux qui veulent être – sympas s'imaginent que je ne suis pas capable de comprendre, simplement parce que je suis – dans un fauteuil. Du coup, ils s'adressent à ma mère pour poser des questions du genre : « Et le soleil, ça lui fait du bien ? » Ça me – rend dingue tellement c'est méprisant. Tu n'as pas idée de comment peuvent être les gens.

J'ai secoué la tête, écœurée.

– Si c'est le cas, c'est atterrant, ai-je répondu. On peut tous se retrouver dans un fauteuil pour une raison ou une autre, ne serait-ce que parce qu'on est vieux. Ça me dépasse.

Une voiture est arrivée. C'était Tania et ses parents. Ils se sont approchés.

– Je veux t'entendre présenter des excuses, a dit le père de Tania, visiblement super en colère contre elle.

– Je suis désolée, a murmuré Tania.

Elle paraissait totalement dévastée.

– Je – crois que tu l'es vraiment, a dit Lucy, avec une compréhension et une compassion que Tania ne méritait sans doute pas.

À cause de la visite de Tania, je n'avais pas eu le temps de finir de nettoyer les box et je me suis mise d'accord avec

Sheila pour revenir plus tard. Je suis repartie à la maison à toute allure en espérant rentrer avant l'arrivée de maman.

À mon arrivée, papa faisait les cent pas dans le salon, habillé super classe, comme s'il allait à un rendez-vous galant. Ryan a astiqué la surface du comptoir de la cuisine jusqu'à ce qu'elle brille de mille feux. J'ai failli me pincer. Qu'était-il arrivé à mon père et à mon frère ces deux dernières semaines ?

J'ai fait un tour rapide pour vérifier que tout était en ordre. La maison était métamorphosée. La pièce la plus réussie était la chambre de mes parents. En plus du placard intégré, il y avait un nouveau lit avec draps de luxe et baldaquin en soie, et une superbe descente de lit en peau de mouton. Papa avait même ajouté un fauteuil, parce qu'il s'était souvenu que maman en avait toujours eu envie. Ma chambre était super aussi, avec ses murs parme, son armoire et sa commode d'adulte, et même un nouveau bureau.

– Papa, lui ai-je demandé en redescendant, comment tu t'es débrouillé pour payer tout ça ?

– Je suis l'empereur de la Saucisse ! m'a-t-il répondu avec un clin d'œil. Tu imagines bien que j'avais un peu d'argent de côté. J'ai toujours eu envie d'une voiture de sport, le genre clinquant.

Il a eu un petit air de regret.

– Tu as fait le bon choix, l'ai-je consolé. Les hommes mûrs en voiture de sport, c'est un peu pitoyable.

– Et il me restait même assez pour emmener ta mère à

Venise, a ajouté papa. Mais ça, c'est un secret ! Je lui donnerai les billets ce soir.

C'était trop chou de voir papa se comporter comme ça. C'est peut-être vrai que l'absence attise les sentiments. En tout cas, plus de danger qu'il traite maman comme si elle faisait partie des meubles.

– Le taxi est là ! a crié Ryan.

On s'est précipités à la fenêtre et on a vu maman et Flora la Fouine sortir du taxi. Je ne me rappelais pas avoir vu maman aussi mince, aussi bronzée et aussi détendue depuis des années.

– Elle n'est pas magnifique ? ai-je dit à papa. Tu le vois, maintenant, non ?

Il s'est tourné vers moi et m'a regardée comme si j'avais dit une absurdité.

– Évidemment, m'a-t-il répliqué. Ta mère a *toujours* été magnifique.

C'est là que j'ai compris un truc énorme.

Papa n'avait jamais pensé une seconde que maman n'était pas magnifique. Il avait peut-être cessé de remarquer ses coupes de cheveux et ses nouvelles robes, mais ce n'était pas parce qu'il s'en fichait. C'était parce qu'il était *déjà* persuadé que c'était la plus belle femme du monde, à l'intérieur comme à l'extérieur. J'imagine que c'est ça, l'amour.

J'ai entendu claquer la porte d'entrée et je n'ai pas pu me retenir de sourire en voyant papa dévaler l'allée pour prendre maman dans ses bras comme un gros ours.

Je dois dire que leurs embrassades ont duré un petit peu trop longtemps. Flora ne savait plus trop où regarder. Elle s'est dépêchée de leur dire au revoir et de filer chez elle.

Puis papa a conduit maman jusqu'à la porte et l'a ouverte avec un grand geste. Vous auriez dû voir la tête qu'elle a faite en découvrant le salon depuis l'entrée. Le choc total, puis l'incrédulité, puis la joie.

– Sam ! s'est-elle écriée en me voyant.

C'était bon d'être dans ses bras. Je ne m'étais pas rendu compte combien elle m'avait manqué. On n'avait jamais été séparées aussi longtemps et je n'avais pas mesuré combien elle était un point d'ancrage pour moi, combien elle me stabilisait. Ça faisait du bien qu'elle soit rentrée. Même Ryan est venu lui faire un câlin, ce qui a dû la surprendre encore plus que le nouveau salon.

– Je n'en reviens pas que vous ayez fait tout ça en si peu de temps ! s'est-elle exclamée. C'est superbe ! Vous avez repris tout ce qui me plaisait dans les magazines.

– Et ce n'est pas fini ! a dit papa en l'emmenant à la cuisine.

– On a refait toute la maison ! me suis-je écriée, en sautant quasiment sur place d'excitation.

Maman pleurait. Elle était submergée par l'émotion. Papa a dû lui donner un verre d'eau.

– Mais… comment vous avez fait ? répétait-elle tandis qu'on passait d'une pièce à une autre.

– T'occupe pas de ça, a répondu papa. Profite !

De retour dans la cuisine, maman s'est assise à notre

nouvelle table, les yeux rouges d'avoir pleuré, et elle a souri. En partie à cause de la maison et en partie parce que papa lui préparait une tasse de thé.

– Vous avez transformé cette maison en palais ! a-t-elle dit. C'est le plus beau cadeau qu'on m'ait jamais fait.

J'étais trop contente. Papa s'en était sorti comme un chef. Dans la catégorie cadeaux d'anniversaire de mariage, clairement, ça battait le faux-filet de plusieurs longueurs.

Dans l'après-midi, j'ai repris mon vélo pour aller finir mon travail au haras. Le manque de sommeil et l'excitation liée au retour de maman m'avaient épuisée, mais je ne pouvais pas laisser tomber Sheila.

Je nettoyais le dernier box, couverte de crasse et de paille, quand une vague de fatigue m'a obligée à m'arrêter. J'ai passé une minute appuyée sur mon râteau les yeux fermés, en rêvant de pouvoir m'endormir.

– On ne dort pas pendant le travail ! m'a lancé une voix.

J'ai rouvert les yeux. C'était David Matthieson. Dans mon box !

– Qu'est-ce que tu fais là ? me suis-je exclamée.

Je ne savais plus si j'étais éveillée ou si je m'étais endormie sur mon râteau et que je rêvais.

– Tu as l'air contente de me voir, ça fait plaisir, a-t-il répliqué.

Là, j'ai su que je ne rêvais pas.

En baissant les yeux, je me suis rappelé que je portais mon sweat-shirt à tête de cheval. Génial. J'étais couverte de fumier, habillée d'un sweat-shirt ringard barbouillé de peinture, rouge et luisante comme un phare, les cheveux en pétard avec plein de paille dedans. La bonne vieille Sam d'avant dans toute sa splendeur.

Il était peut-être venu chercher sa sœur. J'aurais voulu qu'il s'en aille au lieu de rester planté là à me fixer. J'étais bien trop fatiguée pour encaisser une nouvelle humiliation.

– Il faut que je te parle, m'a-t-il annoncé.

– Ah bon ?

– Ouais. Je voulais le faire hier, mais je n'ai pas trouvé le bon moment, avec tout ce monde.

– Oh.

Je ne savais pas quoi dire. De quoi pouvait-il vouloir me parler ?

– Je sais que tu n'es pas végétarienne. De toute façon, j'ai toujours su que ton père était boucher.

J'aurais voulu disparaître sous terre. C'était horrible. Il était venu me balancer mes mensonges à la figure.

– Je crois que ça remonte au jour du marché fermier, a-t-il repris. C'est là que j'ai compris que je t'aimais beaucoup.

– Tu m'aimes beaucoup ? ai-je bredouillé.

– Tu me fais trop rire. Qu'est-ce que je me suis marré avec ta liste de plus et de moins !

– Je suis contente que tu me trouves aussi… comique. Mais je ne vois pas où tu veux en venir.

Je me suis demandé si c'était la fatigue qui m'embrouillait la tête et qui m'empêchait de penser clairement.

– Je t'aime beaucoup, mais pas comme une amie, m'a-t-il expliqué patiemment.

– Pas comme une amie ? ai-je répété sans en croire mes oreilles.

Je commençais à avoir l'air d'un perroquet. Je n'y croyais pas. J'avais perdu tout espoir en voyant son expression pendant que Cat chantait au festival.

Bien sûr, maintenant, je savais pourquoi ça l'avait touché autant. J'avais commencé à comprendre pendant notre discussion à la cafétéria. Ce n'était pas parce qu'il était amoureux d'elle mais parce qu'elle chantait *sa* chanson.

Il n'avait pas menti : Cat n'était pas son genre. Son genre, c'était moi.

Je l'ai regardé. La vérité commençait enfin à se faire jour dans ma tête. Il s'est approché pour prendre mon râteau et l'a calé contre le mur.

– Tu es gentille, tu es drôle et tu dois être la personne la plus chouette que j'aie jamais rencontrée, a-t-il continué. Tu m'as plu tout de suite. En fait, je pense que tu me plaisais déjà avant qu'on se connaisse. Alors, tu crois que j'ai une chance ? Ou bien j'ai tout fait rater ?

C'était du délire. J'étais là avec mon atroce sweat-shirt à tête de cheval et de la paille dans les cheveux, et David me demandait s'il avait une chance.

– Oui, ai-je répondu. Tu as une chance. Je dirais même que tu as plus que ça.

Et là, bien sûr, il m'a embrassée.

Plus

- Trop nombreux pour être énumérés.

Moins

- Aucun.

Depuis, ma vie est plutôt cool.

Le comportement de Tania s'arrange, du moins pour l'instant. Elle ne débarque plus au self avec Angela comme si l'endroit lui appartenait. Elle fait même des efforts pour être sympa avec Cat et moi, ce qui est presque flippant.

Cat et Ryan continuent à aller voir des films ringards. Bizarrement, ça ne me gêne pas trop. L'autre jour, elle l'a persuadé d'aller à une séance de *Mamma Mia* où le public chantait. C'est dire s'il doit être amoureux.

J'ai essayé d'apprendre l'harmonica, mais je suis aussi nulle pour ça que pour le chant et tout ce qui concerne la musique. Je vais devoir me résigner à être une groupie.

Mister Bleaney a signé un contrat avec label, petit mais super sympa, qui a de grands projets pour eux et pour David.

Miss Barry est devenue Mrs Ashcroft, mais on l'appelle toujours Barry la Barjo.

Taylor a eu tellement de succès comme nouveau visage de Puffy-Wheats qu'ils l'ont repris pour cinq autres spots, dont un où il doit faire du ski nautique. J'ai hâte de voir ça.

Craspouille a une nouvelle tenue de motard. Il l'adore (je crois). Et je me suis acheté des tee-shirts second degré et quelques autres vêtements qui ne sont ni noirs ni violets. Pourquoi changer une formule qui gagne ?

Papa et maman vont bientôt partir pour leur deuxième lune de miel. Et vous savez ce que maman aime le plus, à ce qu'elle dit ? Pas la nouvelle déco ni le voyage à Venise… mais le fait que papa lui prépare son thé ! Franchement, il aurait pu économiser une fortune !

Gemma et Campbell poursuivent leur romance écossaise. Les parents de Gem ont décidé de rester vivre là-bas après leurs recherches, mais ça a l'air de lui convenir. Je vais installer Skype sur mon ordinateur pour qu'on puisse se voir quand on se parle. Ce sera toujours ma meilleure amie, mais je sais maintenant comment vivre ma vie sans elle.

Il me suffit de rester moi-même, ce qui est un énorme, un immense soulagement. D'autant plus que David (ou ADMV), pour une raison qui m'échappe, a l'air de m'aimer comme je suis.

C'est tellement plus *facile* de rester soi-même ! Finalement, c'est de loin le meilleur conseil que j'aurais à donner.

L'AUTEUR

Jenny Smith est née à Glasgow, au Royaume-Uni. Son enfance a été bercée par les histoires que racontait son père, un excellent conteur, qui lui a transmis sa passion pour le récit. Elle a étudié la littérature anglaise à l'université de Glasgow, et vit aujourd'hui avec son mari et leurs deux fils dans un petit village du comté d'Oxford.

Vous avez aimé

MA ViE TOUTE POURRiE

vous adorerez

Déjà disponible en librairie !

Cet ouvrage a été imprimé en France par

CPI
BUSSIÈRE

à Saint-Amand-Montrond (Cher)
en mai 2013

MIXTE
Papier issu de
sources responsables
FSC® C022030
FSC
www.fsc.org

N° d'édition : 10193020 – N° d'impression : 2002584
Dépôt légal : juin 2013